小乐子的人生智慧

人生智慧

2

乐嘉 著

浙江文艺出版社
Zhejiang Literature & Art Publishing House

前世　今生　来世

　　唯物主义者不相信前世、今生和来世，我不是，我相信。

　　我的前世也许是个和尚。

　　倒并非因为光头，在我开始光头之前的很多年里，脑中就有个烙印：和尚这个职业很酷，除了不能有男女之情很要命以外，厉害的和尚总是道行高深修行圆满，普济苍生慈悲为怀，多么令人神往，让我魂牵梦萦。

　　我的今生应该是个司机。

　　我喜欢开车，这是我生命中的一种快乐。每每开车行走天涯时，就不想回头，只想就这么继续，这种流浪式的自驾总能让我沉浸于自由中。司机的第二个意义是，在目前我扮演的人生角色中，最喜欢的就是"送奶工"，送性格色彩的"奶"，让更多人了解这个工具从而受益。鉴于送奶本身并非一个点，而是一条无限延伸的线，所以我总是强调"行在道上"，这与司机这个职业殊途同归。一个好的司机，应该享受自己行在道路上的感觉，就像本书中我所言与你所思一旦有了碰撞，那大家都将得到莫大的享受。司机情结的关键还在于我的思维火花，除了小部分在马桶上绽放，多数都在行驶中迸发，内容五花八门光怪陆离，这些灵光一现的火花稍纵即逝，所以我总是随手把它们发在微博上，时间长了，跬步积成了千里。

我的来世希望是个道士。

崇尚道者，是因我不想如现世般活得如此辛苦，常幻想着羽化而登仙，但即便是早已跳出三界外不在五行中的仙人们，也难免最后在天庭要站队：是跟着元始天尊还是通天教主？其实仙与人相同，也会争胜和执着，也逃不出封神榜的宿命。我道行不够，还未活得通透，正在修炼途中，尚不知何时方能完全了悟。这本小书的字句，记载了我这一路上修炼的点滴与对世事的感悟。今生我恐怕难以逃脱要和人的社会频繁打交道的命运，来世愿徜徉于"江上之清风，山间之明月，耳得之而为声，目遇之而成色，取之无禁，用之不竭"的自然中悟道天成。但不管怎样，你无须阅读宏伟的叙事，甚至不需拉出一灯一茶相伴，特意弄一个要开始阅读的调调，就从现在，你我就可开始在谈笑间，试着遨游天地。

目录

不懂识人
怎知真相

——「好」与「坏」属于道德词汇，而我们对人的喜欢不喜欢几乎都与对方的性格有关。

光头不发威，还以为是唐三藏。

当你在努力做好事时，你最大的痛苦和愤怒不是来自坏人的打击，而是来自一些好人的评价。因为坏人越阻止你，越会激发你无限的良知和勇气；但你想去帮助的好人对你的曲解，可能会让你伤心和绝望。

好人被好人伤害的概率大于好人被坏人伤害的概率。伤害好人的好人，经常是因为发现自己做不到那个好人做的好事，从而怀疑那个好人的动机，这就是所谓的"以小人之心度君子之腹"。其实未必自己是小人，只是不愿意自己不是君子，或者说容不得那些感觉和自己差不多或不如自己的人成为君子而自己似乎还不是。

几乎没有人承认自己人品不好，但每个人几乎都认为自己见过人品不好的人。那么，这些人到哪儿去了？我们很少认识到不同的人对"品德"的定义完全不同！有人觉得常迟到是无信小人，绝不可交，但迟到者认为这不过是生活小节；有人觉得善良就是心慈手软，得饶人处且饶人，而有人认为这是最臭的滥好人……

耶稣回到家乡宣讲，人们惊讶地说："他不就是木匠的儿子吗？他娘不就是玛利亚？他的妹妹不就住我们这吗？他怎么鸟枪换炮了呢？"于是人们厌弃他。《路加福音》对此早有评论："先知在自己的家乡是从不受人欢迎的。"一个在相同环境里成长的认识的人，却比自己优秀，人们不能容忍这个事实，因为会觉得自己被贬低。

能承认你不喜欢的人或者你的敌人有过人之处，并且仍然愿意从中学习和汲取对你有用之处，这是你的一种牛。可惜的是，有时你会忽略真相，特别认可一个人的全部，仅仅只是因为他和你的关系好。

如果一个人一直演的是正派角色，大众会以为他就是正派；如果一个人一直演的是反派角色，大众会以为他就是反派。大众凭的是感觉，并非逻辑。

动物的本能包括直觉和野性。直觉，知识的丰富和思想的发达多会抑制它的发展；野性，在名誉和权力派不上用场的环境下，能释放无与伦比的能量，但可惜你这一路不断被教化唯有人是最高级的，你的原始生命力已渐趋萎缩。在一群又一群的人类包围中，保持动物本能不是一门学问，其本身就是一种本能。

理性，指不被情感和情绪影响，很难被训练；理智，指做事时的分析、逻辑与条理，容易被训练。世间不少感性者受职业熏陶训练后总以理性自居，盖因潜意识觉得理性较感性高级，理性者不冲动，成功人士传记中做大事者多理性。很遗憾有这种误读。事实上，情感的原动力是人类一切动力的核心，而两性动力是情感动力的原动力。

一天早晨醒来，突然，你不知道自己要的是什么，你开始怀疑你正要的是否是你真想要的，你开始惶恐沮丧。书里说的是，这时你在床上注视着天花板，神经发作，无名的力量推动着你做了一个决定——此刻开始，你要改变你的生活。于是你打点行囊，变卖家产，行走江湖。可惜，多数人只是想想，然后继续原来的生活。

人们喜欢意淫，是因为：1.感觉手淫只是动物属性的表现，不够档次。多数人总认为心理的,好高级;生理的,好低级。2.意淫不需要勇气，不会尴尬，不会被拒绝，除非你告诉对方，否则你只需沉浸在自己的精神世界中就可完成。

依旧有很多勇敢的人说真话，他们明明知道这要付出代价，会不被理解乃至被误会。他们有时会因委屈而愤怒，会觉得自己不值，但他们体内仍旧会有欲望和力量想要说真话，因为真实比虚伪更容易让他们感觉自己是一个堂堂正正的人。政治上的真话，我胆小，不敢说；人性的问题上，我努力行使有限的话语权，说些真话。

简单与复杂，指阅历与思想，简单者轻松，复杂者累；单纯与世故，指心灵的纯度，单纯者或天真或幼稚，世故者或圆融或油滑。故，简单而单纯——孩童；简单而世故——小大人；复杂而单纯——老小孩；复杂而世故——老江湖。本人自我鉴定为老小孩，正努力做个老江湖。

大众永远只看表面，启迪者都需付出代价，只是代价太大，不是所有人都能走到最后，多数人并非因为困难，而是因为受不了委屈和误会——尤其是那些来自朋友的曲解——而愤然阵亡。这种伤痛，多数人选择用沉默来对抗。

　　作为一个资深暴怒者，我包容心差，难忍亲近者犯错，批判凶狠，我拟痛改恶习。这并非因为担忧内火伤肝，本未想过久活；也并非因为有损公众形象，咱又不做偶像。俺的动力是，无论犯错者如何其罪当诛，只要路人见她（他）梨花带雨，不管三七二十一，只会本能同情哭者，即使好心也必成恶人，咱不要再做这亏本买卖！

　　这个世界上有很多你不喜欢的人，但你要小心，你不喜欢的人不一定是坏人，就像你喜欢的人不一定是好人。"好"与"坏"属于道德词汇，而我们对人的喜欢不喜欢几乎都与对方的性格有关。

你要小心那些对你毫无了解就对你疯狂示好的人。要么他们把你当偶像痴迷，他们爱的是想象中的你，他们会说"我怎会不了解呢"，可惜他们看到的永远是被媒体化的你；要么他们的示好经不起任何考验，稍有风吹草动就掉头，甚至会因外界一句质疑而迅速全盘否定你。他们不会怪自己盲从，却会怪你欺骗了他们。

　　你头痛得要命，以为是缺少睡眠，其实是颅脑病变，可惜你自以为是，知道时已晚了；员工跳槽，你以为是嫌你这里钱少，其实人家觉得为你工作很痛苦，恨你专断，但人家不会和你说；你男人跑了，你断定他嫌弃你的姿色，又看上了别的女人的大胸大屁股，其实他是忍受不了你的猜忌多疑。你不懂读人，怎知真相？

　　天性活泼调皮的人长大后若常严肃，原因很多，如：1. 经历过很多苦难，笑不出来；2. 生长在充满冲突争吵或严苛要求和批判的家庭环境中，严重压抑；3. 老师总表扬严肃的孩子，好生羡慕，就有意无意地开始模仿严肃的神态；4. 小说中读到美女总被沉默寡言、孤独忧郁的严肃男人吸引，所以发誓要效仿……

今日见了一位有修行的高人，高人告知，他这一生遇见许多高人，所谓高人就是能助你抉择、点化造就你之人。无论哪行，凡在台前蹦跶的，几乎都没什么高人，高人都在幕后藏着。

"选择恐惧症"患者，说白了，就是啥都想要，所以才不知怎么选。遗憾的是，无论他做什么选择，最后依旧会后悔，"哎呀，早知道应该选那个的"。越这样，他的选择恐惧就越重，越纠结，越不敢做决定，越要拖到最后关头胡乱做一个，越需他人在旁推动。

解决"选择恐惧症"的方法是随时随地自问到底什么才是对自己最重要的。同时，你必须明白任何选择都会有所失，只是多少不同而已。

有些人因自己的成长经历，习惯于在对话中用冷漠、无所谓、质疑和不回应来保护自己，可惜总会被人们误会为难交往，而这种误会并不会让他去解释，相反只会导致更大的反弹和对抗。这种人需要更多的关爱和耐心，而且他们会加倍回报你。

那些嘴上说"我无所谓别人是否理解我"的人，其实大多渴望最亲近的人的理解，如果这个也得不到，巨大的失望便会转化为"天下无人可懂我，自己懂自己，无愧于心即可"的心态。拿这个自我安慰，自我打气，也可算是保持个性的一种强有力的暗示。

　　勇士：身处世界的污浊之中，看到人心的丑恶，被现实打击，受苦难摧残，依旧追求光明，且从未怀疑人性中有光辉。

真正的完美主义者不会把"我是一个追求完美的人"挂在嘴边，因为他会觉得说出此话本身就已经不完美了。常提"完美"一词者，多数是被此词代表的意境吸引。

文人相轻，艺人相轻，专家相轻，学者相轻，武林各派相轻……大家都牛哄哄的，都觉得有各自的受众群体、各自的信徒拥趸，其实你不过是运气好，有嘛了不起！但商人不相轻，谁钱多谁就践；政客不相轻，谁官大谁就牛。所以前面那些人看上去难搞，但可惜面对不斗嘴只斗狠的政客与商人，只能玩完。

对一个很会自责且常给自己施加压力的人而言，当他认为自己犯了一个大错之后，即便是再小的事，任何来自他人轻微的埋怨和批评，都会让他诚惶诚恐。因为他会将其解读为对他的不满，同时联想并加重自己所犯大错引起的内疚感。

那些你认为享受孤独的人，其实并非享受孤独，而是享受孤独所带来的痛苦、咀嚼和自我对话的感觉。

有人说："越怕事，越来事；不怕事，事不来；事已来，就让它来。"我问他："您记仇吗？"他说他很小气，很记仇。我说：

"您给我的印象一直是慈祥、大气，特别宽厚。"他说："是呀，不然怎么复仇？"

逞能有多种形式。常见的是，无论实力如何，先冲出来做老大，让别人觉得自己厉害；另有打肿脸充胖子者，不管最后结果如何，要的是开始时人们奉上的认可所带来的飘飘欲仙的感觉；隐性的还有为了面子死撑，明明新装修房有气味，别人说你家材料的确好高级，就很高兴地继续住。其实，逞能者多是傻傻的理想主义而非实用主义。

你我素不相识，生命并无交集。爱我的人，其实是爱自己，当在我身上发现他们自己想要却已失落的东西，心生向往；恨我的人，其实是恨自己，当在我身上发现他们自己想要却已失落的东西，心下愤然。其实，世上没有无缘无故的爱，也没有无缘无故的恨，你的爱与恨，都是自己与自己的斗争和对话。

说不出自己的缺点或者对自己的缺点避重就轻，原因之一是不愿意让人知道，更重要的原因是未洞见，即他根本不知道自己的问题在哪。

有人口中常说"我不喜欢和人打交道"，你以为这说明他喜欢独处或孤独，这是一个天大的误会。最可能的原因是：1.他曾被人深深伤害，认为自己和人相处时没有防御能力，在信任和戒备之间无法平衡；2.和做自己擅长做的事相比，和人打交道实在太麻烦，顾虑的事太多，不能像自己做事那样随心所欲。

你对那些特别生硬的领导者说"多点亲和力吧"，形同废话。除了少数的领导者确实不喜欢与人打交道，更愿君子之交淡如水外，他们大多不愿后天训练亲和力，原因有：1.太有亲和力，和下属走得太近，处罚下属错误时不便下狠手；2.须按规则办事时碍于情面不易拒绝；3.易给人错觉，认为自己好说话，对谈判不利；4.容易沾惹烂桃花和给人误会。

臆想者，喜欢意淫，常活在虚幻世界。在这个自己幻想出来的世界里，他们口淫，用自说自话的方式满足自己内心最深处的渴求，如：长得美的必被爱所伤，长得不美的也许从未得到过爱。他们不愿承认现实，连面对现实都不愿意，因为只有在虚幻世界中是安全、愉快的，幻灭了，他们担心就啥都没了，犹如吸毒者的感觉。

因某事找他，他总说"很忙""路太远了""等下次吧"……所有这些说法，背后只有一个原因，就是他认为这事还不够重要，没有他手头做的事重要。如果他认为这事足够重要，他不会有任何的理由，自己就会驱动自己去做。你有本事，就要让他知道，这很重要，没有下次，就是此刻。

易上瘾者，缺乏自控，更重要的是，除了这个上瘾的东西，他在当下无法转移焦点，能让他得到快乐的方式太少。

喜欢发短信者的特质：1. 与人谈事时不愿意直接拒绝或被直接拒绝，文字可以缓冲，使交际变得温和；2. 注重情感互动中的丰富多彩、有滋有味，文字可以想象，留有伸缩进退的

空间。

有些人，发生分歧时，迫不及待一股脑儿地把自己心中所有的想法倾泻而出，他们认为不这样就不够真实，不够真性情。其实他们只关注自己尽情表述的快感，他们的结束语通常是"我要说的都说完了，不管你能不能接受，这就是我"，然后大义凛然地悲壮走开。他们绝不会认为其实是自己压根儿没搞清状况。

"杀亲者"有许多共性，其中必有三条：1. 远者多见其天使状，近者能见其魔鬼样；2. 越是亲近的人，批判、责骂、改造得越凶狠；3. 刀子嘴，豆腐心。

真正好胜的人永不认输，号称自己好胜的人，多数只是逞强和喜欢过招中的游戏感，根本无心打持久战。

为何看清自己这么难？讲个故事给你听。楚想伐越，杜子问楚王：大王为何伐越？答：政乱兵弱。答：臣无知但为此忧。智慧像眼睛，能见百步外却不能自见睫。我们自己败于秦晋，丧地数百里，是兵弱；盗贼肆虐于境但官吏不能禁，是政乱。我们的弱乱不在越之下，还要伐越？此智如目。王乃止。故知之难，不在见人，在自见！

剖人需智，剖己需明，更需勇。《吕氏春秋·自知篇》曰："存亡安危，勿求于外，务在自知。"但老吕找不到更好的可自知的方法，只能说"欲知平直则必准绳，欲知方圆则必规矩，人主欲自知则必直士"，你须找到能对你毫不留情提建议的人，可惜不好找，没找到前还是请你先学如何自知。

做到极致，需要完美主义的苛求、激情、偏执，温和者自身本难孕育出这种力量，更需外界强力刺激。毕加索在地铁中看见金发美眉，激素狂飙，飞奔上前自我介绍，虏获芳心；凡·高爱上青楼女子，人家不理他，戏说要他的耳朵，他真割掉一只，精心包扎亲自送上门。超凡艺术大师，总有些神经病的。

除了实力，巨星之所以"巨"是因为：1. 少见，稀奇。距离太近，很难有大明星。人因距离远而珍惜，这是天性。2. 观者众多，人有从众心理，疯狂程度是由人数决定的。3. 价高，能造成向往。价低，人们不鸟，和名牌的道理一样。所以宁可有价无市，也要死顶。

本色演员能塑造的角色的性格和自己的天性相近；性格演员除此之外，还可塑造其他不同性格色彩的角色。重点不在于角色的形象本身，而在于剧本对角色性格的要求。演相反的性格，最大难点在于如何体验人物的内心世界，因为我们总会本能地根据自己的性格去思考别人。

香港演艺圈有句话叫"吃得咸要抵得渴"，你能享受多少赞美，就要承受多少批判。所以节目上的男女开微博，只要你对扩充粉丝有企图，你必将面对批判。批判者中有真心帮你的；而骂者中，有真恶人，有嫉妒者，有心中揣怒无处疏导借你发泄者，有口快于脑毫无恶意却口出恶语者。你若介怀，就是自寻死路。

疯狂粉丝的基本逻辑是：我喜欢你，你就要喜欢我！你不喜欢我，不满足我的愿望，就是你的问题。他们打着喜欢的幌子，行着伤害的事实。

选择合作伙伴或恋爱对象，如果你在意对方的控制欲，用如下标准识别：1. 对方总是试图引导话题方向。2. 对方很少呼应你的想法。3. 情感上的交流和共鸣偏少，在生意中很少寒暄，总是就事论事；在爱情中很少调情，缺乏情趣，总是让你感觉到冷冰冰，但他们自己一定不觉得。4.目标性强，目标性强，目标性强！

你觉得某个女明星有气场，有魔力，魅力四射，是因为你被外界的声音震慑了，蒙住了自己原本清澈的眼睛，你被其他人谈论她时的疯狂同化了。因为你没有走近她，没有看到真正的她，所以这种情况才会出现。当你发现她也会放屁，她也要脱掉裤子才能拉屎，她愤怒时白眼乱翻、唾沫四溅时，你突然发现，原来，她和你一样。

"洞察"这门功夫需要一生的修炼，套用《红楼梦》的句型，正是"世事洞明皆学问，读懂人心即文章"。这可以让你理解所有在他人身上发生的让你奇怪、不屑或者费解的行为。借此，你可变得更有宽容度与弹性，你会更加明白什么叫"一切皆有可能"，让你自己的一生更释然，更平和，更通透。

　　有人想勾引我去做事，可惜勾引我去答应给我好处的人并不知我真正想要什么，他们只希望得到他们要的，并一厢情愿地相信他们给的必定是我想要的。你花了多少时间真心了解我呢？我有老婆，你实在爱我，想勾引我离婚，最起码你要知道我有什么内心最需要但我老婆不能给的；你拿我老婆都有的这些勾引我，能勾引成吗？

　　会"控制"的高手，能不让人感觉到自己的控制欲，他知道只要掌控自己最在乎最重要的事情即可，而不重要的事情尽可放手。他会在小事上让出做决定的权力，也会享受有时被他人引导的快乐。仍在修炼途中的"控制者"，任凭他们外表如何温和，说话如何柔顺，你仍能感受到他的意图。

　　任何改变，都需付出代价，早期都很痛苦。你无法行动是因为恐惧，但只有行动才是消除恐惧的唯一方式；你无法坚持是因为你还没看到结果，只有确认结果是你内心真正想要的，你才愿坚持。

你对亲人产生仇恨和愤怒，多与被伤害有关。这种情形，多数并非他想主动伤害你，而是他给你的是你不想要的，或者他给你的方式是你不想要的方式，又或者你其实多年以来一直没有能力读懂他，当然他也根本不懂你。

有人小时候家里穷，娘亲吃虾头，总把虾身给他。他问为何，娘开心地说自己只喜欢吃虾头。他牢记，每次都把虾头留给娘。有次过年亲戚聚餐，他把众人盘中全部虾头抢下夹给娘，众人错愕，他说俺娘喜欢吃。娘边嚼边说没错。中学时，见杂志一文，方知穷人家的娘都一样。从那时起，他见虾便反胃，发誓此生再不食海鲜。

看不到希望，放弃；对自己没信心，放弃；还有其他选择，放弃；付出代价太大，放弃；不想要了，放弃！放弃是如此容易，可以有那么多的理由，而坚持只有一个理由——"我想要"。

老翁老妪，争吵一生，终离婚。晚餐告别，不语。少顷，上烤鸡，翁主动撕两鸡腿于妪盘中。突然，妪含泪愤然咆哮：

"我此生最恨鸡腿,已忍了你一辈子!"翁张口结舌惊诧道:"我此生最爱吃的,就是鸡腿。"我们一生中努力把自己认为好的东西给别人,遗憾的是别人根本不需要。所以,请给别人需要的!

你愿对朋友仗义执言,因为你认为作为朋友有责任提意见说真话,你忠心可鉴。但他听不进去,你认为这是因为忠言逆耳,是他的问题。你不明白,有时也许你是对的,但你仗着自己的好心,罔顾方式,强灌黄连汁入他口鼻,不愿做成药片喂服。如果你真想帮他,请找到合适的方式。

你帮人就是单纯为了享受帮助的快感,你就已经赚了,对方事后忘记很正常,而如果对方感恩,你就大赚了。但如果你帮人本身是一种长远投资,比如他还是小弟时你提他进董事会,他还是科员时你挺他直到他当上厅长,他落魄时你帮他事业成功并嫁给他,最后他做了贾雨村,你在恨他恩将仇报的同时,要检讨自己的识人之道。

帮助人们更好地看清自己,有很多招数。以其人之道还治其人之身,是其中一种。为了使对方能短时间内迅速受到剧烈冲击,用此招时,必须适当夸张,将效果放大,呈现给他看:"呶,这就是你自己。"

"拒绝"表面看是伤害，长远看其本质，是救人。一时严词厉语，可换得他人另辟一天地。明知要判死刑，何必凌迟？痛快点对谁都好。但凡歉疚者，多半是先前不忍拒绝或表达不清，自讨苦吃。有些机会，模棱给出了，反而自扰。以上规则并非仅适用于情事，工作之道亦如此。

自由搏击不同于武术套路之处是：永远关注如何击倒敌人，而并不关注姿势的优美。故花拳绣腿者多将重心放在过招时自己的表现而非过招的结果。传道者同理，成为卓越传道者的关键，不在于你演讲时口才多棒、表情多丰富、幻灯片做得多美，而在于你内心里关注他人成长，使其灵魂有所触动。

"何为慈悲心？慈为给予快乐，悲为消弭痛苦。"愿诸位先有能力予己慈悲，助人先助己，并于助人中悟助己之道。

捡起节操好好做人

——学会甄别真假需要智慧，学会坚守真实需要勇气。

大家都说这里风景好……

那我就在这里留下个印记……

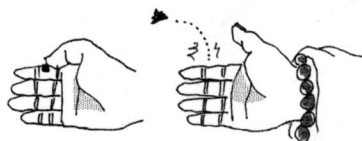

当朋友指出你的缺点但你根本不认同时，你会立即反驳或找出他的问题回敬，这样的做法无比糟糕，会扼杀掉真正有益的信息，以后得到箴言的机会越来越少，而你付出的代价将越来越大。好的做法是心存异议，但要马上追问："真的抱歉让你这样想，你可以告诉我为何对我有这样的看法吗？"你会得到更多。

对比是痛苦的源泉。当你无法抑制自己，总要去对比时，解决问题的唯一方法是不要和别人比，而是和自己的过去比；不要横向比，而是纵向比。你已经比过去好了十倍，突然发现有人比你现在还好，你的快乐就没了。其实，你管别人做甚，记住，你只要拿到你想要拿到的就好。

有人欺负你，但是你的能力还不足以反抗，也不能轻易坏大局，你要通过忍耐来换取腾挪空间，最终得到你要得到的，所以,你必须忍,这是好事。你老公的情人已经踢馆踢到了你家,要让你出局,赶你离家,当着你的面和你老公亲热,知你软弱故意做给你看,不必忍!

进步,源于对比后的刺激,"我也要像他这样";痛苦,源于对比后的刺激,"我根本不可能像他这样"。到底该不该对比?你若追求平和,不要对比;你若追求绚烂,你必会本能地对比,但你要学会摒弃那些客观存在的你无法改变的事实(好爹娘、好天赋、好外表),要学会吸取你不具备但可模仿的优点,进而转化为自身的能量。

你每前行一步,会发现对你打击最大的不是明枪而是暗箭,不是你的对手而是你的战友,不是拼实力而是比龌龊。多少豪杰死在误会和委屈之下。你每天要提醒自己绝对不要意气用事,要知道自己最终要的是什么,成大事须学会忍耐。因为多数人不愿深度思考,只看表面,如果不想白受苦,你就得忍到最后。

谁都有缺点,所以后天都要修炼。你看到别人身上有你没有的特质,无比羡慕。只要足够向往,你就会去学,希望自己也可拥有。首先你会从模仿开始,可你要小心东施效颦,避免模仿行为而不去思索内心。比如，你以为模仿了说话强硬，自己就很坚定，却不明白坚定者的内心有"不可为"的原则。

好运气不会一直陪伴你。所以，早早准备好有一天会遇到坏运气，早早告诉自己不能单靠运气行走江湖。这话，你可以不告诉自己，直到好运气不再陪伴你的那天到来。

当人们向你倾诉一件事，力陈自己的委屈和不满，希望你站队表态时，总会本能地屏蔽掉他自己所作所为中差劲和不上路部分的事实，突出他受害的结果，很难客观。所以你不能轻信，不能偏听，你要追问，直抵真相。

从小你被教育要自尊自爱自强，你当然觉得"自尊"是要捍卫的好东西。殊不知自尊者多敏感易受伤，易错误地放大被伤害的感受，当自尊者觉得别人不尊重他时，会本能地防御和变成刺猬……自尊者不投降誓抗争，需付出惨重代价才能明白"打得过就打，打不过先逃"是一种智慧。

你以为说话强硬、不容置疑、态度凶狠、寸步不让，就可以成为一个坚定的谈判高手。但你恰恰忽略了，能成大事者，永远明确地知道就长远而言自己要什么，知道什么可为什么不可为。他们深知自己的强项和局限，他们不读《老子》便知人生须取舍，他们不追求一时的胜利，他们在乎最终的共赢。

对方由于情绪化而误会你、对你发泄时，最高超的处理方式是以和风细雨之势让对方发自内心地深深愧疚，最终意识到自己的错误，因你的宽厚和耐心而信服你。但是，你须记得，如果你是为了让对方愧疚才使出宽厚的技巧，你无法得到你要的结果。你不能为了结果而使用技巧，因为宽厚本身对你也是一种修炼。

人和人生来就不公平，你生在哪里，生出来是何等模样，已经由爹精和娘卵决定。在相当漫长的岁月里，我对人生一直

抱怨，很久以后，才醒悟只抱怨不行动，永远都无法改变这种不公平。有时，即使努力，也无法做到绝对公平；但努力，至少可以做到相对公平。即便你很绝望，但不努力难道你准备等死吗？

你关心的事太多了，从宦海沉浮到谁和谁好了又分了，谁和谁分了又好了，很多不相干的事成天变着法地让你相信你不知道这些信息就会大难将至。其实，关你屁事！你以为了解这些你就学识渊博，其实除了多点口条，你根本无力将这些碎片组织在一起，还是每天该干啥干啥。你不知道自己要什么，就会被海量的信息控制。

早写遗嘱很有必要：1. 安置老人使其颐养天年；老婆改嫁老公续弦，找谁都可，只要对咱孩子以后不区别对待；兄弟姐妹，爹娘靠你们了。2. 对我而言，未完成的性格色彩手稿、教学影像等素材资料要交给有志者继续，但凡野史在所有当事人死后方可公布。3. 此生憾事如暗恋谁家的姑娘生前不敢说，走了后要找人说，死不能有憾。

你总是喜欢说："我想找一个能读懂我的人。"我问："你有没有考虑过调整一下自己的表达方式，也许这个世界上就会多了很多能读懂你的人。人们总不愿意承认自己其实是有问题的，总是期待别人改变来适应自己。"

"你是好人"和"你在电视上让大众感觉是好人"是两码事，后者是需要技术的。"你不屑使用这些技术"和"你不懂这些技术"也是两码事，就好比"你把钱捐了，说要过简单生活"和"你是穷光蛋，说要过简单生活"是两码事一样。抱歉，喜欢我和讨厌我的人数量差不多，我不能和你分享如何让人觉得你是好人。

"低级错误"的定义：1.通常与个人能力、学识、经验都无关，与基本常识有关，与态度是否认真有关，与做事是否有责任心有关，泛指那些绝对不应该犯的错误；2.重复犯同样的错，在同一个坑摔跟头，意味着没有从上次错误中吸取教训，意味着上次的批评力道太轻，所以不能记住。犯错是学费，低级错误是浪费。

如果你真的不为功名在做善事，那么能支撑你从善的最核心，便是这会让你觉得自己是个高尚的人，这会让你自己感动自己。故从善不应求报，一旦有求，便可能伤心失落。如果你被你帮助的人伤了心，但愿对方没毁掉你的心。即便你遇到不知恩图报的恶人，也不能因他人之恶而让自己沦为不善之人。

有人在公交车上抢座位，是想把座位让给需要的人，他享受的不是抢座，而是那种"自己正在做好事"的感觉，这让他觉得自己是崇高的，可自己感动自己。但你要注意：1. 为了这种感觉，你每天故意做雷锋，一旦刻意，性质就会变化；2. 你以为你在做好事，有时却变成在做坏事，好比搀扶不需要过马路的老太过马路。

我们永远不可能通过丑化他人来抬高自己，想提升自己的力量，须先学会发自内心地承认并推崇他人胜你之处。此中奥秘在于，推崇那些和你八竿子打不到的人不算本领，能推崇你的对手、你的同行、你的同一利益圈内的人，方是过人之处。

宁死不屈者经常有傲骨，有傲气。除非你想做个神经兮兮的艺术家，否则最好有傲骨，无傲气。

和自尊心太强的人交往让人提心吊胆。他们过于敏感，会把个人感受放大，故说话要小心翼翼；他们担心被别人轻视，丝毫的忽略都会被理解为不尊重和看轻，故很难放松。

四个前女友近四年陆续生子，网上报喜后，每次我都要个流氓，很认真地问："是我的吗？"第一个说："哈哈，是你的，你看看像不像你？你这个爹爹准备了什么礼物呀？"第二个沉默，此后随便我和她说什么，都毫无回应。第三个说："你去死！"第四个说："呵呵，不是啦。"敬告诸位，玩笑有风险，不同性格区别对待。

　　无论你是哪种性格，在人际交往中，每个人都可能存在的核心误区是：认为只要自己的出发点是好的，别人如果不接受自己，那么一定是别人的问题，断然不会是自己的问题！殊不知每个人都是这么想的。当你这么想的时候，对方正在想的是：我根本不认为你是好心，只是你自己认为自己是好心而已。

"减肥不成功，没有男人要"，这话是用来激励因肥胖而苦恼的待嫁女子的。"减肥不成功，没有女人要"，这话是针对没钱又胖的待娶男性的。对于那些做梦都想赚大钱的商人来讲，"减肥不成功，永远上不了市"这话才有激励作用。见什么人说什么话，每个人的软肋不一，重要的是你知道他要什么。

我们要追寻人生的大道，但雕虫小技有时作为启蒙还是有用的。譬如对一个从未表白过情感，也不会表白的男子而言，有如下通用句型可参考："当我第一次遇见你的时候，我的××就××了。"普通的说法是：我的血凝固了；文艺的说法是：我的心静止了。对面的人不同，选的说法不同。

你想获知更多秘密的首要前提是，你能管住自己的嘴巴。

一天不说话，你憋不死！今天你要办事，无法不说话，那就择日！你能先做到一天，就可做到一周。你真想管住自己的嘴，总得有个开始，这也不行那也不行，你倒说说你啥能行！一天默语绝不会马上解决问题，但这对从未尝试过的你是个挑战，把它当成你第一次人生孤旅，你和自己的对话总要开始的！

谈话之艺术在于以口舌之快感达至心灵之高潮。

"不讲是非"，只需管住嘴巴；"不听是非"，需管住脑，因为你管不住别人的嘴巴，你需明辨需兼听；"不生是非"，需管住心，有欲者皆有是非，因你不惹人家，人家会来惹你，天下诸人除绿色性格外皆如此。——南台禅寺墙壁贴纸有感。

"管住嘴巴"的含义：1.事情没完全确认前，先不说，好比钱没到账就不是你的，万一有变数你会尴尬；2.任何秘密，就地消化，到你为止；3.说话别夸张，为了一时效果惊人，你要付出不靠谱的代价；4.口无遮拦者都是只管自己说得爽，不管听的人的心情；5.你总认为你说的话别人不会知道，其实都会知道；6.和你无关之事你那么喜欢打听，你想干什么哦？人家想说自然会说，不想说时你问，徒增厌烦；7.答应别人莫太快，虽然不是古代，但总是轻诺，让人鄙视；8.这个世界有很多人的喜悦源于静思，并非所有人都像你一样以为不说话就等于不开心，所以，你没有义务不停说话活跃气氛。

怎样管住自己的嘴巴？今天你就可从修炼第一招开始——24小时不说话！无论你干什么，总之，不能说话！吃饭点菜可用手指，手机不接不会死人，谈恋爱尽可用肢体语言……如果你从未有过这样的美妙体验，务必尝试默语的感受，这是你学会和自己内心对话的一个简单便捷的开始。就从此刻开始！

一群人进尼泊尔的小店淘货，店里就一人，店主不担心有人偷，因为这里的人们发自内心地坚信"偷盗会遭报应"，这是信仰的力量！在我们这里，更多的人并不相信报应说，虽然心里的确认为偷盗很糟，但很难发自内心地相信会有报应。我们没有信仰，只拥有道德的力量，可惜道德底线不断被突破，已被冲击得一塌糊涂。

我们一生当中付出的所有代价，犯的所有错误，几乎都与性格的过激有关。可惜，我们绝大多数人意识不到这个事实，自然也无从去改。

网络有时会让你莫名树敌。如网友会问你对某某和某某的某事怎么看，有的是真心相信你的观点，有的是恶意下套想让局面更乱；如喜欢你的人不喜欢张三，骂张三的时候总对张三说他不如你，老拿你做对比，时间长了，即使毫不认识，张三也不爽你；如你在网上说 A 好，B 刚骂过 A，网友对 B 告状说你和 A 同伙，你又中招了。

　　所以，网络敌有的是屁敌，网络友有的是屁友，网络粉有的是屁粉。真友，你有难时挺身而出；真粉，几十年如一日，无论你是什么反应，他心中自知粉你的原因，他要从你身上吸取他要的能量；真敌，不在暗中捅刀，网络上暗中骂娘的不是你的敌人，他们只是在寻找卑微的存在感。你需明辨。

　　网络信息汹涌，你总担心自己知道得太少，于是，你只关心事情的开始，并不关心事情的结果。一切貌似繁荣，有深度的寥寥无几，因为大家都说没时间。

　　微博控分两种：有目标的和无目标的。无目标的微博控，几乎都是因为渴求"被关注"。

要想分化敌人内部的关系很简单，微博提供了一个操作方便、效果绝佳的平台。你只需常拿敌人内部的人做对比，通过对比，你可让没矛盾的变得有矛盾，有小矛盾的变成大矛盾，信任友好的变成猜忌敌对的。如果他们不中圈套，就拿他们身边的人下手，这个世界总会有中套的人——不是为了利，而是为了面子和感受。

我半夜总发微博，是因为：1.突然受到书、影片、谈话的启发或刺激，需记录；2.为情绪所困，需思考。这个习惯对身体很坏，足以证明我的自控力很差，好在我内心觉得活到60岁就心满意足，不想长寿。如我能坚持早睡，体魄会比现在更好。现在能有这样的状态，是因尚保持着相当的自虐，而多数人不会像我这样坚持。

你半夜总发微博评论，是因为：1.无聊，给自己找点事做；2.没有爱人，情感无处寄托，找人说话，找寄托；3.为情所困所苦，寻找不相识的人发泄和倾诉；4.晚睡已成恶习，白天是鬼，晚上是人；5.找信息看，让自己觉得没有浪费时间，其实多数时候，获取的都是碎片式的无用信息。

享受微博的便捷快速的同时，最大的痛苦是常被断章取义，不可能所有的表达都能缩短，必须承受误会和委屈。不能忍受，就少写或不写。对看微博的人而言，通过只言片语获取信息容易，获得思想很难。

两好友坚决不写微博了，因字数限制，难免被断章取义，难免表达受限，无法诠释有深度的想法，只会流于俗套。加之只要发表对公共事务的观点，必然被一群来历不明的人群起而攻之，必然被另一群不明真相易被人鼓动的人谩骂。他们告诫我，永远不要自评国事，只做两事讨巧：转发微博顺便骂两句，转些找狗找孩子表爱心的。

多数天灾人祸的时候，微博更像是一群小人物（包括一小撮有点知名度其实本质上也是小人物的百姓）在一起相拥取暖的互助平台，大家相互打气。这里的人只能一面为可歌可泣的小人物感动，一面骂娘发泄心中的不满，然后年复一年地等待着大人物的出现，希望他可以改变众多令人无语无奈的现状。

一个有点名气的演员问：总有人到我的微博莫名其妙地用肮脏语句谩骂而非做正常文艺批评，怎么办？答：有些人证明自己生存价值的唯一方式是到人多的地方拉屎，因为荒郊野外没人睬他，他就白拉了。人多，必有人会关注他，必有人跳出来厮杀，这样他就有价值啦。故使他痛苦的方式是：1. 当他不存在；2. 让自己更好。

　　网友"走饭"痛苦很久后自杀了，她最后一条微博是："我有抑郁症，所以就去死一死，没什么重要原因，大家不必在意我的离开，拜拜啦。"而她生前发的微博如同自言自语。想起我中专时最刻苦勤俭的同学突然自缢，这给我的震惊延续至今。有时你会绝望到不愿做任何求助，但仍需知道，人生中多数时候我们需要自助。

如人饮水
冷暖自知

——因快乐，肉体结合；
因痛苦，灵魂相吸。

很多男女都期待艳遇，但真的艳遇就在面前时，很紧张又很担心，做出矜持或高傲状，直到艳遇溜走，才开始掐大腿，懊悔不迭。但如果他（她）确认明天就是世界末日，这种事情断然不会发生。看来，要想"脱光"，要把每天都当成生命的倒数第二天。

想学如何"勾引"对方来征服自己，要进修勾魂术。不想学，至少要通晓基本常识：1. 对方须有征服欲，对一个软蛋或天性随意的人，这招没用，因为他（她）等着被你征服！ 2. 你过于强势，征服就变成冲突，不行；你过于软弱，征服太简单无挑战，也不行。要有分寸！ 3. 勾引的核心是知道对方最想要什么。

你刚喜欢上一个人，对方问你："你为什么喜欢我呀？"大抵男人回答女人的套路无非聪明、可爱、懂事、漂亮、灵性、妩媚、有女人味；女人回答男人的套路逃不出执着、稳重、事业心、帅气、潇洒、小坏、有力。大家都把长相因素藏在诸多特点中间，这样既可以显示自己是不肤浅、不唯外表的，又可以凸显自己还是在乎外貌不虚伪的。

因快乐，肉体结合；因痛苦，灵魂相吸。

不同性格的人对做爱的需求，对环境、姿势变化的要求，对待性的自然和开放程度，都不同。但是这与性能力无关，性能力是生理问题。总之，你了解了性格色彩，就会明白房中术的心理。

判断一个男人或女人是否和你完全亲近，是否能让你彻底放松的标准很简单，就是看你在他（她）面前是否能自然无拘谨地放屁并且还会以此调侃。

邋遢并不等于爷们，更不代表阳刚，丐帮亦早有净衣派。男性注意并修理边幅对女人来讲是好事，多数女子并不愿与有汗臭、皮屑、杂毛的男子行鱼水之欢，男子梳妆也不必担心无雄性气概。

1926 年，北大教授张竞生编著性知识教育读物《性史》，但它带给作者的却是身败名裂、终生蒙垢。盖因有些事可做但不许说，可谈但不能写。男女交合，人之大欲，但自古以来圣贤一边说"不孝有三，无后为大"，一边对性事讳莫如深，"床笫之言不逾阈"，只许众人盲人摸象、自学成才，可怜无数男女都有苦说不出。

如果一个男人是需要你管的，最好的管法就是什么都不管，给他自由。如果他被曝出有了不忠行为，你这时就出来说"我和你一直在一起"。这样，你就是一个智慧的女人。你会说我扯淡，是因为你还不明白，所有追求自由的人内心总有一块地方是需要安定的，他会朝那理解他、给他自由、让他感激的地方奔去。你长大了就明白了。

一个喜欢自由快乐的男人，爱上一个事业心强的女人，他需要她的鞭策和推动。很快，他发现自己很痛苦，当他想停歇喘气开个小差时，她会批判且用无数更成功的身旁人和他对比。久之，他在她面前阳痿不举，找不到自信。他在洗头房遇见小妹，小妹告诉他，他多有魅力、多有才华、多棒，他突然发现活得不累了。

男人的贱在于：喜欢你的女人你看不上，当你拼命去追想要的女人，人家却瞧不上你，遭受挫败时你才能想起当初对你好的女人。其实，很多女人也一样。

现实的女人好不好，取决于你对"现实"的定义。如果你的定义是"见钱眼开，见异思迁，见风使舵，见利忘情"，她们只要看到你没钱就扭头，你当然会怨恨；如果你把它理解成"不海市蜃楼，不活在虚幻中，不天真幼稚，不理想主义"，她们对现实生活的残酷性认识得更深，你就会释然。重感觉与重现实，无所谓好坏，性格与经历使然。

女强人不易获得幸福的原因是，她们骨子里渴望有一个更

强的男性征服自己，她们以为自己在所爱的强者面前会犹如张爱玲所说那般低到尘埃里，甚至愿意丢掉自我。却不知张爱玲的做法在胡兰成面前并未见效，因为她并不知胡内心需要的是什么，并且她把"丢掉自我"一事想得太简单了，不知道自我是安身立命之本。

"当不了幸福的新娘，就当个幸福的母亲。"能做到借精生子的女人必须独立——经济和情感双重独立，足够屏蔽外界的评价，并享受自己的选择。

很多单亲妈妈都把自己放得太低，潜意识里总觉得自己结过婚，有了小孩，似乎不如未结婚的值钱，总暗示自己应该低人一头。都什么年代了，还这种想法，好生悲哀！中国古文化中的糟粕真害人！

女强人无法"脱光"的原因是她们嘴硬，总是在外人面前说一个人过挺好。她们不肯向白娘子好好学习。须知，即使你有变出泰坦尼克号的能力，你也需学会化身弱小女子去搭那许仙的木船。

承认自己是"怨妇"需要勇气，因为这个词不好听，现实中有很多这样的男女。不过只有首先承认这一点，才可能走出困境。"怨妇"的主要表现是：1. 认为自己是最大的受害者；2. 常问自己为何命这么苦；3. 都是别人对不起自己，自己没有对不起别人；4. 有倾诉欲，希望得到别人的认可和同情；5. 习惯于看过去，不愿看未来。

未经世事者，总以为心怀浪漫与憧憬，必有美好未来；总以为别人的苦难和不幸，都是因为对爱情不够纯洁和忠贞，自己前程似锦，断然不会如此。那就等着吧。

要想抱得美人归，与做销售有时相通，须"不要脸"。需要暂时弃掉自己的尊严和感受，英雄能忍胯下之辱，不是因为英雄会忍耐，而是因为英雄钻胯时，脑子里从来不想胯本身，只想钻胯之后能得到什么。

我们很愿意神化我们心目中臆想的形象。其实，我们爱的不是那个真正的人，我们爱的是我们以为的、想象的那个人。

历史似乎常常证明，高调示爱者从长远讲多无好结果。很多事，心中有数即可，不足为外人道。

你正舌吻得投入呢，突然想偷偷瞅瞅对方此时的表情。你一睁眼，哎哟我的娘，人家也瞪着呢，顿时吓得你们俩都屁滚尿流，两人同时松手大叫："你干吗要睁眼？！"所以无论黑天白天，接吻请闭眼！拥抱与接吻形式不同，礼节相同。

失恋者最大的痛苦，并非求不得之苦，而是你还沉浸其中，却发现他已从中走出。

热恋时见人拍婚纱照，你向往；失恋时见人拍婚纱照，你痛苦；结婚后见人拍婚纱照，嘿嘿，别看你们现在笑得欢，恭喜加入围城的队伍……

11月11日，光棍节这天，无数迷男女不眠，找不到新情人，就想起老情人。可惜，通通应了英国作家托马斯·哈代的话："呼唤者与被呼唤者很少互相答应。"

乱世之中，看不见长远，皆奔眼前，唯爱情可谈。纵使你不信，你仍会走上此道；何况你不信爱，还能信啥？

再普通的女子也有让他人心动的资格。

无论你对同性恋态度如何，都应让人们去爱他们想爱的人而非质疑为什么，不能因为你属于多数人而剥夺少数人的权利。同性恋在世间的存在，可启蒙那些爱还不够丰富、不够立体的人，在所有的层面上都能真正去爱。

如你觉得猜心实在太累，常斥责对方"你干吗不把你的想法痛快地说出来呢"，说明你根本不理解被猜者的苦。让你猜，你猜不出会自己告诉你的，是调情；而真正想让你猜的，最在乎的是默契，如果你说不出他心里的想法，他会失望，且他越看重你们的关系，则越生气越痛苦。谨记：猜不出时，你越烦躁强硬，你们的关系越危险。

"此生已错过无数，不在乎再多错过一个"，这话乍听上去豪迈，实则无奈心酸，更是对听者的发狠。

激情，拉得开，扯得断；亲情，拉不开，扯不断；爱情，拉得开，扯不断。

你生闷气，希望他来哄你，他没来，你觉得他根本就不在乎你，想封杀了他。却不知他在那里也一边沮丧一边没辙，因他也被你气得要命，不知怎么哄。须知，在两性关系中，情绪化的人非常不能忍受对方拉臭脸。

有人让你把你珍藏的历史信物毁掉，这样才能证明你已彻底抛弃过去的爱，请离开他！如果你还担心他忘不了旧情，那他全部存在心底的记忆岂不更恐怖！历史就是历史，请尊重自己和别人的历史。

面对自己心动的人，你曾有过全身发抖、手足无措、语无伦次、词不达意、神魂颠倒、气息短促、昏死过去的感受吗？但更大的麻烦是，有人看到你如此紧张，好生喜悦；而有人则认为你没自信，好生无趣。

他说分手时，你又哭又求，他依旧要分。接下来，你含着血泪用恶毒的眼神冷冰冰地盯着他，想的是："你会后悔的！""你怎么舍得我难过！""你放弃了我，你会后悔一辈子！""你这个人不是人！""你为何如此狠心？"……多年以后，你与新欢如胶似漆，好得不得了，当年对他的恨，好像也没啥了。

在孤寂彷徨的深夜，你所需要的只是：你能感觉到世界的某一端有另一颗心与你正贴着。无论它在哪，只要感觉得到就行，因你深知，这比一夜情更值得向往。

浪漫者常找实在之人，是因为觉得这样安全稳妥。直到有一天，发现对方没有情趣没有激情，令人窒息，但又不愿放弃，不敢放弃，不能放弃。

对于生命中充满沉重的人而言，另一个沉重者可能和他容易产生心灵共鸣，但他也许更愿与天真、简单、轻松者相处。

金岳霖见林徽因，天旋地转。林已嫁梁思成，金示爱后，坦坦荡荡，始终住林家隔壁，你搬去哪我就跟去哪，终身未娶。这等故事亦在《鹿鼎记》中得见。年轻时武林第一美男胡逸之，见陈圆圆，魂飞魄散不能自已，能常见面便心满意足，遂隐姓埋名23年，做了陈圆圆家中花匠。你家门口有老面孔吗?

追者，无奈的悲或许就是：被追者，始于感动，止于感谢。

"宠"，其意如下：宠者需极尽哄、罩、让、护之能事；被宠者心中说，你此生须把我当成长不大的孩子。

从好远好远的地方，终于有一天，你走近了原以为可望而不可即的他。可惜，这天到来的时候，你突然发现，从"走近他"到"走进他",路更远,望都望不到。

他在时,你觉得近,不珍惜;他走了,远了,你方知独特与珍贵。

你要先安静地目送她跟着其他男人远去,再耐心地等她跟那个男人分手,最后接她回来。

不控制,张开手,任其飞,自愿回——这是"控制"的最高境界。可惜人们不懂,懂了也做不到。

我们的一生,被爱滋养,被爱所伤。而爱最美好的地方在于体验本身,而非计较得失。

理解他人在情感上的多样性和复杂性,而非绝对性和唯一性,是在情感问题上走向成熟的标志。

子女强行希望父母百年好合,与父母强行撮合子女一定和谁在一起,性质如出一辙。爱情一事,唯当事人自知,无关乎双方是达官显贵文人骚客匪首良民。爱就是爱,不爱就是不爱,分合之道却是大有讲究,需要学习。

热爱爱情的人婚姻未必幸福，真正的幸福源于期望与现实的最小差距。一个悲哀的事实是，认为婚后爱情渐渐消亡的人，大部分在结婚时无比相信自己找到的就是最理想的爱情。

"白纸"指有一定年纪却无任何情感碰撞与生理碰撞者。白纸对自己是白纸的解释常是圈子太小无人可碰，但其实多与如下原因相关：1. 自小爹娘管教严格，视异性为毒蛇猛兽；2. 读了文学作品对"暗恋伟大美好"的刻画，由此产生向往；3. 无比脆弱，稍挫即退。可惜白纸总希望通过白纸书生的理论指导实现自身零的突破。

很多年前，在广州，我坐在小箐车上，车里放着卢巧音的粤语歌《落地开花》，我把歌调到自动循环，从广州听到梅州。后来，听这首歌的普通话版《黑水仙》时，那种心动就再也找不到了。从那时起，我突然觉得生活在广东好幸福，可以天天听粤语。

天下万物，情花最毒；天下万物，情思最苦；天下万物，情伤最痛。若想不服毒，若想不心苦，若想不伤痛，唯有不用情。既已用情，注定此劫难逃，看官走好。

　　夫妻关系不好，女方痛苦，寄希望于要个孩子以后可有转机，此法要命。理论上，会以为自己的精力可全部转移到孩子身上，缓解当下痛苦，也可激发男性的父爱和家庭责任感。事实上，旧患并未清除，仍旧存在，新增的可能会有另外的麻烦。正道是直面夫妻问题，解决后再另做打算。可惜多数人宁愿掩耳盗铃，逃避现实。

　　晨，夫妻拌嘴。傍晚，妻发短信："你是不是在泡妞呀？"夫大怒："请你不要这样无聊，我正忙！"初学性格色彩后，夫认为那时的回答情绪化，是否应该耐心解释当天完整的行程以打消老婆疑虑，殊不知完全未能读懂对方是在撒娇和主动求和！根据钻石法则，正确的做法是，立即回复短信："此生我只愿泡你这一个妞！"

给有家有儿有车有房有事业的中年男子或女子：某日单位组织旅游，偶遇两位五十岁男女十指紧扣，漫不经心地看着博物馆墙上枯燥的文字，瞬间，激起你多年未有的酸涩感。他们看什么并不重要，关键是两人在一起双手暗自撩拨的感觉。你想想自己，看看人家，好生羡慕。后来才发现，原来却是一对野鸳鸯。

假设我老婆被我好友爱上，如果老婆也爱他，那时我若不爱老婆，尴尬之际心下暗自窃喜；我若爱老婆，则心中痛苦，默默退出，祝福他们，多年后我幸福时再敞怀相见。如果我老婆对好友并没有意思，好友也从未向我提过，无须点破，装傻即可，大家少见面，好友激情淡后一切正常。好友若向我提出，我惜他晚了，请他自己去谈。

你和你老婆过了好多年，挺习惯的。有人告诉你一个真相：你老婆外面早就有人了，并且他们极相爱。你是感谢还是憎恨这个告诉你真相的人？官方说北京空气轻度污染，《纽约时报》说空气重度污染已危害人体健康。官方说这是俺家关你啥事，不要再管啦，自家冷暖咱自知。

你落难，你用独自承担而不连累对方的做法，表达你对他的爱，好比犯事后，写一纸休书。你落难，他用患难与共的做法，表达他对你的爱，好比自己也搞出点事，然后陪你慢慢坐牢。你们都觉得自己好了不起，好对得起这份爱，但做苦情夫妻不是你们的人生归宿。请不要逃避，直面人生、解决问题才是唯一的出路。

亲，想让他对你爹娘好，你要先拼命地对他爹娘好。给他爸他妈两盒月饼，给你爸你妈一盒；给他爸他妈龙肉的，给你爸你妈鸡爪的。好得他无地自容，眼珠欲出。

你是好人，他也是好人，但好人和好人未必能好好过一辈子。因为大家对"好"的定义不一样，彼此"好"的方式也未必是对方想要的。所以，"我对你这么好，你怎么可以这样呢"，这话听上去悲情，其实无力。

对结婚超过三年以上的老夫老妻而言，保持爱情的激情很难，保持彼此对肉体的激情更难。习惯本来就对激情有免疫力，加之大家的生活压力都很大，故此，过来人都知道，不能拿激情过日子。

相比"无论怎样，打死不离"的爱，更可行的成熟的爱是"我许诺竭力给你幸福，如果哪天你觉得我无法给你你想要的幸福，我会放手让你寻求你自己想要的幸福"。

屈膝求爱，长跪不起，让我想起数月前某男左手捧婚戒，右手端回忆录像要求与前妻复婚的场景。感动不能当饭吃，感觉也不是想有就能立马憋出来的。

一个要强的女子，拼命工作努力赚钱，希望对家庭的贡献足够大，得到老公足够的尊重，不要让她日益发达的老公瞧不起。却不知，她男人只是希望她能安稳平淡不再折腾，终于说了一句："我根本不会对一个我尊重的人产生爱。而遗憾的是，你却总想得到尊重。"

他常熬通宵，他娘每隔半小时爬起来，拉下脸冲他大吼："你不要命了！都几点了！太过分了！出了问题，除了你妈还有谁会关心你的身体……"他和娘斗了十多年，未有改变。婚后，他媳妇每次只对他说"早睡身体好，活干不完的"。他睡时大惊，因媳妇仍未睡。媳妇微笑着说："没事，你不在我睡不着。"几次后，渐改。

夹在复杂婆媳关系中的儿子，遇见她们对自己拼命唠叨对方的不好，要"两头瞒"，而任何一点彼此可能的好感，要拼了死命"两头传"。颠倒瞒与传的，为人绝对谈不上真实，而是把全家关系越搞越复杂的自讨苦吃的笨蛋。

非诚勿扰

『缘』来挺好

——有缘相逢，彼此喜欢就聊聊，不喜欢招呼下就撤。

"非诚勿扰"，授之以鱼

X 24

哟!

"不见不散"，授之以渔

钓亦有道，一张一弛，在乎心态!

浑水摸鱼可以吗?

《非诚勿扰》的奥妙在于它的语言交锋，但正因其节目形态强调短平快稳准狠，故很难展现结论推导的过程以及立体的解决方案。说白了，可以给你新鲜美味的鱼，但是不能详细教你怎么捕鱼。而《不见不散》的奥妙则是呈现怎么抓鱼，怎么进入他人的内心世界，怎么做到识破话中话，怎么认清自己的软肋和命门。

《非诚勿扰》美国专场录制：1.参加节目者，澳洲专场一半是会计专业，美国专场一半是金融专业；2.参与节目的美国华人比澳洲华人更开放、更热情、更敢于表达、更火爆、更好玩、更西方；3.爹娘伴随而来的很多，台上子女对眼，台下双方爹娘帮着拉配，其乐融融；4.华尔街投行的兄弟上场前背熟了三十道自制问题的答案，结果一道都没被问。

牵手的他们离场前，我祝他们人生天天有高潮，这估计不会播，会被剪掉。其实高潮有很多种，未必都是生理的；就算是生理的，那也是件很幸福的事情。很多人穷其一生，压根没体验过这两个字，枉走了一遭人世。但和那些有过一次高潮以后就再也没有过的人相比，一次都没有过的人还更好些。

离开节目的女孩中，难免有不喜欢对方的，其实本无深仇更无大恨，但因小摩擦，搞得好像宿怨很深。有缘相逢，彼此喜欢就聊聊，不喜欢招呼下就撤，评价对方少用点狠力。你此刻认为敌人不爽自己就爽了，再过段时间就会发现，大家都是彼此生命中的过客，唰的一声就没了，留下自己这段经历中美好的回忆部分就行了。

有中老年人看相亲节目是为儿女挑对象，看到《不见不散》的男孩女孩不如其他节目人多，担心可选择的少，罢了。这好比你儿子吃东西总吐，你今天牛肉明天鸡蛋后天刺身，天天换花样，也没找到让他不吐的食物，却不知其实是他自己的胃出了问题，换啥都没用。

多数人没能力认识到自己的问题在哪，但当发现别人有问题却不自知时，总是很踊跃地去批判。有女娃昨天在台上说因为自己喜欢看书，所以同事都疏离她，她很苦恼，认为是不上进的人排斥她这个上进的好孩子。这孩子在五分钟内莫名长泣三次，典型的"碰哭精"。我不敢再问，不知她是否知道自己的脆弱很吓人。

某节目不怀好意地力邀我与挑事者同台辩论，我说："难道你不知我是出了名的欺软怕硬吗？我自知打不过人家，可以不打吧？"他说："这不太好吧，你好歹也劈过木板，打不过也得打。"我说："打死我我也不打。"他说："你不打，对得起那些支持你的人吗？"我说："在一切事实未清楚前仍信任我者，我之回报自当让他们为这份信任而自豪。"

曾参加某节目，嘉宾因与某领导名讳相同，故要求他在节目上必须改名，因之前同样情况播出后，领导的秘书层层问责。古代有规定不可冲皇帝名讳，现在没有皇帝也如此，故国内媒体人心苦，被蹂躏无数次，依旧保持笑颜，既不想堕落又不能顶风送命，只能在钢丝上摇曳，努力不昧良心地取巧地说话。

户外真人秀《不见不散》，人力物力财力投入巨大不算，观众长期习惯于棚拍节目，对随时可能变化的情节和镜头跳进跳出的方式有人还不适应。但首先需以更大智慧解决的高难问题是：如何让所有参与者在拍摄状态下，仍能够不装腔、不做作、不掩饰地表达内心的声音。因为纪实节目的精髓不是演戏，而是真实！

真人秀节目的关键，古龙也有提过。天下英雄拟找出邪派幽灵山庄，集体编故事，说陆小凤勾引了好友西门吹雪的老婆，被西门追杀很久，直到幽灵山庄出现为止。此剧由两大侠客参演，陆找西门时，西门一句话把电视剧变为真人秀："我可答应你，但你也需答应一个条件：你要真的逃。因我真的会追，如我追上，你就得死。"

不看《天天向上》的友人不明白为何我对其主持群如此推崇，我说那天场上欧弟耍宝，毫无征兆地向后倒下，未及我反

应，小伍就伸手扶住，这种极微妙的团队默契是可遇不可求的。另外，他们过去没学过性格色彩，但却早就深知每个人该扮演什么角色可令团队利益最大化。说别人不好，绝不可能让自己强大，只能证明自己脆弱和无能。

据说有三个 IT 高管十天内因过劳死接踵而去，业内扼腕。估计很快，行业内将引发一阵健身热潮，各 IT 公司人力资源部广聘讲师，大开"如何做到工作与生活平衡"课程，团队体检人数直线飙升……用不了多久，又会悲剧复演。因为人是容易遗忘的动物，因为整个社会对于"成功"的刻画已让多数人不敢放慢步调生活。

狗屁不懂也可做个好领导，只要他肯听不同的声音；狗屁不懂却总要扮演啥都懂，是浑蛋领导；狗屁不懂还啥都他说了算而且好大喜功，注定是害人领导！

有些人加班是因为命苦，有些人加班是因为享受工作，有些人加班则是向往彻夜奋战所带给自己的那种悲壮感、豪迈感。

有些领导者很愿意相信智商测试是挑选人才的有效手段，以此来判别人可以胜任什么岗位。但时间会证明，智商测试无法真正衡量一个人的内在智商，它所能衡量的只不过是人们在测试中的表现。

公司 HR 都在痛苦招人难，找不到合适的人；而大街上铺天盖地的人找不到工作，一群群不再值钱的大学生到处游荡。企业急功近利，不愿自己培养人才，担心人员流动导致培养的投入付之东流，于是要找到马上可干活的人；而不争气的大学生很多眼高手低，学了半天，手无缚鸡之力，脆弱得一塌糊涂。

私人企业主能搞出名堂的，共性是：三分考虑七分干；无知者无畏；先做了再说，出了问题再解决。而在企业中做职业经理人时间长了，微观思维被强化，不够有魄力，不够跋扈，不够匪气。

不同人对同一词的理解完全不同。譬如"匪气"，字面意思让人联想到土匪打家劫舍，听似不雅，却是好词。用在市场开拓的语境中，匪气＝江湖气＋豪气＋霸气＋蛮气＋杀气，这是赚钱的法宝，尤其在市场不规范的情况下。福布斯中国百富中有匪气的不少，无论你是黑白红哪道，无论外表是儒雅还是狂野，内心总有匪气在，端看个人如何藏。

有人问，自己待业时总是找不到机会，心里那个急呀，烦躁无比，可一到开始有事做了，隔三岔五总有机会找上门来，为什么呀为什么？我问他，我独自出门远行，从来遇不见什么艳遇，怎么找都找不到，可只要一有女孩和我同行出游，到处都能在旁边看到心动的，为什么呀为什么？

生意合作这事，第一必须要发自内心地认可合作伙伴的价值，第二才是有缘分。在顺序上，与婚姻这码事截然相反。

十年前，为了体验生活和扮另类，打了个耳洞，讲课时戴上耳环很酷。后来某些客户看到我戴耳环，还没听我讲课，就断定我讲不出啥好东西。为了保持和主流社会一致的正统范儿，越来越少戴。摩根弗里曼在纪录片里戴个金耳环探讨天体的形象很迷人，所以现在为了耳洞通气，偶尔戴戴。今晚大学巡讲首场，想了想，决定……

提醒即将参加《嘉讲堂》大学巡回演讲的同学们：特别宏大的问题，我通常都会用特别宏大的方式来回应，比如："您觉得人生的意义是什么？"我只能回答："人生的意义就是不停地探寻人生的意义！"以虚打虚，其实解决不了什么问题。所以提问的时候，尽量务实，除非你喜欢哲学，喜欢形而上的探讨，否则不必用过多虚幻的问题来凸显自己善思考。

"理工男不会泡妞"这一成见在今天的上海理工大学被彻底打破，相比上大和复旦，上理工这次更知道怎么从演讲者那里偷东西，问的问题更毒辣。讲堂有百年历史，原来是所教堂，东西破旧，人却温暖。助理说，楼下大门外漆黑一片，都围了几圈学生，一起听着里面传出的声音。原本胃痛中，突然心头一热。

电力学院，《嘉讲堂》第一季第八场收官。冲破无数问题的围堵后，一女生在边角处奋力一击，最后一问："我可不可以摸你的光头？"全场欢声雷动，亢奋至极。我回应："你敢摸我的头，我就摸你的胸。"举座掌声雷鸣，待看大戏，期待高潮。女生胆小，低眉作罢。我向众人作揖，祝福，缓步离去。

演讲时，单亲妈妈以泪洗面提问：为了女儿，过去十二年自己在家暴中苟活，现女儿终日寡语、毫无生机，不知怎么让她快乐？答：1. 前夫这浑蛋自会有报应，但你的长期忍让和息事宁人亦是变相纵容；2. 如果我是你女儿，我最先想看到的是妈妈你快乐起来，所以你必须告别过去，先让自己的新生活快乐。

在南京讲课，某女问："我老公正是您说的绿色性格，不管我怎么鞭策他甚至骂他，他就是毫无反应。我希望他能像我一样有激情有目标，用什么方法才能改变他？"我答："给驴吃肉，驴不吃，你拼命骂它：'你这个蠢驴，我对你这么好，你怎么不吃？'到底是谁蠢？"

先前剧院演讲听众最多4000人，此次武汉体育馆剪票7100张，内场1500座，意义重大。上台一张口，知己将死，15分钟内基本石化。场地太大，声音延迟1.5秒，语速须比平时放慢两倍，无法进入状态。如像演唱会那样塞耳机，则无法随时与观众问答。没有声光电没有伴奏没有搭子，唯一人一案一麦，165分钟行走全场。

多年前的11月3日，上海八万人体育场演出景观歌剧《阿依达》，我演女王的贴身卫兵，闭嘴，拎矛，划桨，划桨……那天我发愿，有朝一日咱要在此地演讲。众人讥我有病，只有一个丫鬟楚楚微笑着盯着我，啥都没说。多年后的11月3日，武汉光谷体育馆演讲说出最后一句话，我鞠躬，双眼模糊，突然想起那个丫鬟。

在安徽大剧院演讲。合肥观众较温和。最后舞台上席地而坐,坐而论道。相比体育场的7000人,在这里的对答解惑是快事,时间过得好快。打开一条门缝,就是一个世界。

舞台演讲时,对不同性格人物的呈现,如果要让听众印象深刻,引发共鸣,需要适度的表演。但真正做到无比细腻的雕琢,需要的是你自己的松弛,松到你与台下融为一体,松到你和远在40排之后的观众也能像唠嗑一样,松到你忘记自己是在舞台上。你要尝试让自己进入所有人的体内,聆听每个人的声音。

具备演讲穿透力,意味着无论会场有多少人,无论人们坐在会场哪个角落,每一个听众都感觉你是在对他说话,你能进入心灵最深处。感染力是心动,影响力是行动,穿透力是灵动。

演员想做演讲者,首先要放弃自我的感觉。切记,一切表现都是为观众吸收养分服务,为了表现而表现,为了掌声而表现,为了喝彩而表现,会强调面子,忽略里子。演讲者想做演员,首先要放下自我。长期做演讲者,骨子里会端着"我是老师"的姿态,很难放下身段,以娱乐大众为首要使命。

演讲天才需具备的特点是:1.为舞台而生,且愿在舞台上死;2.以"与所有人的脉搏共跳动"为最高使命;3.时刻奉行"无法影响他人是自己的耻辱"这一信条；4.能随时感知从任何一个角落流露出的观众信息；5.能在讲每个故事的瞬间融入情境；6.有强烈的表现渴望和无限的张力；7.忘我和无我。

舞台，提供了发神经的好去处，你尽可恣意挥洒，不用担心被剪掉被"强奸"。

生死之外
别无大事

——在行走中寻找生命的意义：只要健康，一切安好。

问：久坐，心累，欲远足，有可荐处否？答：心向何方，便往何方。问：心本无向处，怎知心向何方？答：任取一页书报，图文令你心动处，即刻前行。问：万一那处不美，岂不空跑？答：远足之妙在远足本身。心累者多纠结，贪图结果与过程双双圆满，因怕求不得圆满，最终日日呆坐空发春。

如果你总在行走中寻找生命的意义，也许需要一段时间的静止。如果你一直原地不动，也许你需要走出去，毕竟并非人人都是康德。

坐在欧洲的火车上，一切都慢了，都静了。过去二十年我每天问自己："你知道你要什么吗？"未来二十年我每天问自己："你知道你不要什么吗？"——于瓦隆火车站月台。

似乎法国人享受等待，不识"效率"二字，时间大把，就是用来挥霍的。在里昂租车，看图比画了三小时，弄了部欧宝手动两厢车向南开去，过普罗旺斯边界线，瞬间小寒转初夏，神奇如海南牛岭分界点。本欲至尼斯，导航指偏，不愿走回头路，转行马赛。

在南方乡村生活惯的人到北京，除了天天阴转多云和空气中"沁人心脾"的淡硫化氢味暂时不太适应外，比较难受需长期适应的还有干燥。法国东南部瓦朗斯，住了一晚，半夜三点活活被干醒，唇裂舌燥，灌了几瓶自来水再睡，五点双眼干涩再醒，鼻孔里轻松挖出夹杂着数根鼻毛的小坨血块，硬邦而挺括。真乃脚气患者的福地。

别马赛，去尼姆。整座古城建筑奇特，转了六圈，风格阴气逼人。已进城，居然晚七点稍偏远街道就已无人无鸟，打劫的也没盼到。心里发慌，打开远光、近光、雾灯、双跳、转向所有能亮的，窗门紧锁，高诵《满江红》。风景再美，还是人味让你感觉最亲。

从尼姆前往法国南部城市佩皮尼昂，网上攻略说30公里外有号称全欧洲最美的小镇。想起那年去中国最美的古镇丹巴藏寨，情不自禁想对比一下，看看差别。所以对比是多数人的天性，对比无所不在，痛苦、快乐、羞辱、激励、挑拨都与对比有关……继续向西，见路人普遍从黄毛转为黑发，突然醒悟已到西班牙。

朋友告知法国公路上停着某种小型房车，妖娆美女于车中打着灯光与来往司机交流，用闪光信号完成全套谈价，然后路边玩车震。走了好多段公路，屁都没见到。上了高速，估计我160码左道慢了，挡了后面的车，那司机过去后故意压在我前面7分钟，直到平行。惊见车内老头边眨眼边用食指勾引我，副驾老太冲我噘嘴。

在西班牙达利故乡的宾馆大堂上网，无人，半小时后一中年西装男子坐一旁看电视，声音巨响。十分钟后，我谄媚地打了个手势。他瞟我一眼，把声音调低两度，仍太响，我愤移角落。没想到这厮不时换台，声音还忽重忽轻。大骂："别人在做事，你他娘的不可以轻点啊！"该男子惊慌对看，嘟囔了几句离去。文人怕流氓，流氓怕狠的，狠的怕愣的，愣的怕不要命的。

为参拜达利灵魂，昨驻菲格拉斯。边感受天才神经兮兮的创造，边想着他老人家与比他大9岁的、本是法国头牌诗人老婆的加拉同居多年，最终把她变成自己的老婆，这种从一而终的毅力比同样疯狂的天才毕加索和比他小 46 岁的女娃的激情更值得钦佩。达利说："加拉，亏了你，我才成了画家。没有你，我绝不会相信自己的天赋。"

　　巴塞罗那的同胞海量，从国内游客到移民的后代，从留学生到非法偷渡客，啥品种啥年龄都有；不像日本人，来这儿的多数是表情暧昧，一路青涩地拉着两根指头的中年男女。夜市中见到久违的、我小学就知是骗钱的街头押宝，好亲切，就是选角很拙劣，玩游戏的三个似东欧光头党，观摩帮腔的两个像雇佣军，谁敢上去玩？

进入西班牙，三步见拥吻，五步见唇吻，七步见舌吻。随时启动不需预热，青年家常便饭，中年大显身手，老年金枪不倒。在国家大教堂门口见识了舞吻，一对幸福的狗男女整支华尔兹都如入无人之境长吻不松，看客们好激动。我这种没见过世面的也罢了，若干德国佬法国佬美国佬也直勾勾地盯着，口水滴答滴答滑落唇边。

一友强调达利珍宝馆如不去细看，此生枉为人也。我进去刚看了开头，就跑出来枉为人了。另一友听我说正在巴塞罗那，历数了十大必去之地，我待了一天就跑出城。寻找夜宿之城，被荐瓦伦西亚，发现是西班牙第三大都市，便连夜继续前行。每个人喜欢的旅行方式不一样，要选择能让自己感觉最舒服的。

有人问我："相比格拉那达，为何你不喜欢巴塞罗那？"这问题好比"××是个大美女，为何你不喜欢"。每个人所爱的点不一样，旅行中你爱的景致，通常是那些你生活中缺少的，你心中向往的，能带给你无限想象的。

早晨从里斯本去郊区辛特拉，火车空间实在太小，膝盖距对面座位只有一寸。一家三口上来坐我这。爹在旁，娘在对面，挤太紧。女儿喷香奈儿5号，爹喷BOSS古龙水，娘身上香水之浓，感觉要化汁滴下，加上两只乳峰好比巨大的蒸馏器持续挥发，盘旋于鼻孔和嘴边不散，下车时我死命抹嘴。晚上登机时，指头上的香把空姐给镇住了。

想法会越来越大。第一次国外自驾远行在新西兰，和一群朋友，仗着人多也就这样混了下来。后来到美国，一个人抖抖豁豁，就会十句英文，还硬着头皮转了一圈。这次在欧洲，法西德意语没一句能听懂，四个国家边走边停边看边问边想，也习惯了。已经做梦下次去非洲看土著。你不做，永远难以相信自己可以，所以一定要有个起步。

从 15℃的小镇来到国际都市苏黎世，没什么人，雪花飘飘，零下 5℃，冷到牙齿发脆，生怕一用力就咯嘣脆；冷到撒尿时，都要找上半天地儿。餐馆的中国留学生说百年奇寒，换了一地儿，又再传百年大雪，路人面色不变，依旧好好活着。

冰寒之地，零下 14℃，漫天飘絮，满目皆白，眼睛发痛，行车稀少，人烟罕见，处处是空荡荡的小木屋。纵使雪景无限风光，美不胜收，也挡不住惆怅四溢，荒寂遍野。唯独海拔2700 米的半山休憩站，以及等火车的酒馆，挤得水泄不通，都是人的滋味。天冷，易心寒。

米兰遍地可见同胞购物，在麦当劳吃汉堡，五分钟内，两个净衣派的弟子先后走到面前伸手，念念有词，疑似"行行好吧"。我诧异地盯着他们看。他们白了我一眼，嫌我没见识又小气，头也不回绝尘而去，也没见朝我身旁的意大利男人伸手。行至罗密欧与朱丽叶搞名堂的小城维罗那，女性十有七八身穿貂皮，神态雍容，极具礼仪。

从罗马继续南行至那不勒斯，突降暴雪，下雪方式仿佛童姥发生死符，高速上车车25码，无超车，无越位，步步紧跟，相依为命。扭头意欲搭讪邻车阿尔巴尼亚女孩取暖，窗刚开一条缝，便满脸雪片，双眼泛白。仓皇逃回罗马，不想进城后更惨。

卡塔尔以旅游而言，除了沙漠还是沙漠，此刻还是春天的尾巴，中午温度就已到49℃。但有黑金的国家不差钱，所以卡航的硬件好到你进去后很感伤。休息室里见到个常州小妹，小妹乐不思蜀，觉得卡塔尔福利很好，生活简单，不累不躁，不像国内。

卡塔尔上空，比北京好不了多少。差别是人家从出生起就承认自己这里本来就都是沙，祖宗八代也都没见过什么绿，所有的绿都是人造的，所以在这没听说过"环境恶化"四个字。

　　飞机在圣保罗降落前的 70 秒，地面肉眼所见就有 5 个足球场，想想我们体育的举国体制，一声叹息。和坐在旁边的白发儒者告别，人家就是巴西人，刚从中国回来，是吉利汽车巴西公司的总裁。想和他聊聊李书福，他一脸困惑。我只能理解为我的葡萄牙语太差，只能听出西班牙语味来。

　　死过一次的人无所畏惧，一切都是白捡的。从上海到布宜诺斯艾利斯，飞 34 小时，飞过这条长途航线，以后去哪都可拿此做参照物，心不烦。出机场，城市很落寞很怀旧，但空气

是甜的。对于很少见到蓝天白云的人而言，这个绿化率20%、有数条20车车道的都市，令人陡生幸福感。

阿根廷签证复杂，特别针对国人。原因之一是阿国官方注册的中国移民有70万，而实际上中国在阿人口超200万，多是当年偷渡或旅游过来后没走的。对中国食品严控，一瓶绿茶5美元，一小包方便面2.6美元，大家没机会见识"东鞋西毒南地北钙"了。

梦见忠犬八公，鼻酸，抠鼻孔，刚触及，暖流直泻而下，鲜血浓稠，滴滴落。折腾半天，想会不会失血太多阵亡在马岛。敷上条冰毛巾，从随身听中找到《阿根廷别为我哭泣》。想想恐惧都是来自未知和不可控，套上线衫，步履蹒跚地走向街头。无人时在世界的另一端散步，凉风袭来，难得地清醒。

博卡，布宜诺斯艾利斯贫民区，探戈发源地。到处是彩色房子，据说是因为此地实在太穷，只能舀别人家每次用剩下的油漆桶底，每次自家随手刷一点，有点像百家饭百家衣，各色混杂。时间久了，到处是彩色屋，看上去与威尼斯彩虹岛的房子异曲同工，不过人味比意大利更重。治安混乱，美女却多。

据说这里最古老的地铁，是近百年前英国人在布宜诺斯艾利斯造的，木门还需手拉，迄今未更新，经济发展可见一斑。本市主要交通工具是公交车，每 200 米必设一公交站，极其规律。更神奇之处在于，城市街区像做松饼的方格，每 100 米一个路口且门牌增 10 号，所以在这里找地址无比方便，最长的一条路 300 公里，门牌到 30000 号。

街上见了几回游行集会，锣鼓正点，帐篷错落，标语有致，防暴警察全副装备一溜在旁边看着，司空见惯，不动手不动脚。治安和经济不好，大批技术人员移民欧洲，由于量大，政策被迫收紧，唯看球的疯狂不减。中午一点，接球迷的大巴车队呼啸而过一路狂奔，他们若不早早进场安顿好，晚上比赛时后果很严重。

街头散步，发现很多事还没来得及做，一眨眼，已不惑。如果人生再来一次，要去学滑板，要去做酷跑族。有些事，再晚都可以学；有些活，晚了就不能干。

看见美好，很容易对一个国家有好感；看见黑暗，你是否还能继续喜欢？上午 11 点在高速，司机小兄弟行车灯未开，被两个阿根廷公路警察拦下，盘问了 25 分钟。我和友人被搜身。

我财迷，出门时藏在内裤里袋的 1000 美元未被找到；朋友皮夹中 400 美元加 200 比索全被敲走。出门在外，懂得低头和吃亏被欺是必修课。

距布宜诺斯艾利斯 70 公里的卢汉天主堂，内部略像超小号的巴塞罗那圣加大教堂。受阿根廷警察公开敲诈的影响，没心情多参拜圣母她老人家。转了一圈，想想有人在的地方就有风险，还是去看动物最安全，它们至少不像人类花花肠子那么多。因几个月前被嘲笑不知草泥马为何方神兽，铆足劲满园搜寻，终于得见。

打道回府前，偷得一天至莫雷诺冰川，虽然四川海螺沟和新西兰福克斯先前都去过，仍被"世界最大的活冰川"的名号勾引前来，所以自然界的"最"还是能勾引人的。但在国内，人为的"最"好大喜功，占了虚荣，苦了百姓。凌晨四点起床赶机,本应九点落地,目的地机场人员居然睡过头,九点半开门,只能在空中绕啊绕盘啊盘。

人迹罕至之处，美景随处可见。人多的地方，再美也很难大美，因为不稀奇；更重要的是，若没有严苛的环保规则，环境难免受到破坏。卡拉法特小镇上 8000 人全靠莫雷诺冰川养活，在公园内 5 个小时我努力找纸屑塑料袋，未有结果。阿根廷人很清楚，要给子孙后代留下吃饭的本钱，不能只顾自己，不能做历史的罪人。

跳舞，没碰过，却为探戈惊艳。在阿根廷，看到酒馆门口老板和老板娘跳舞拉客，美得要死。我对老板比画可否借他老婆用一用，老板很乐意。我老婆看了照片后勃然大怒，说怎么可以让人家大腿夹你夹得这么紧。我急忙汇报：女孩太美，绝不敢有淫邪之念，也不会有反应。并非因她男人在旁，而是太近，有反应会太明显。

将离阿根廷，个人感受：很多店内都有古怪清新剂的味道；街头肮脏和乱闯红灯两项屡见不鲜，但排队秩序令人陡生尊重；经济萧条，与欧盟关系恶化，但教育与医疗全免费，失业有补助；腐败盛行，但百姓不至于活不下去；药效绝佳，食品天然；华人生存能力之顽强，异族难以匹敌。

尼泊尔信印度教，其种姓制分四个等级，等级传承，严格执行"龙生龙，凤生凤，老鼠的儿子打地洞"这一规律。若跨等级通婚，则后代跟低的走。譬如一级与二级结婚，孩子以后只能是二级。所以在这儿，如果一级婆罗门爱上了四级首陀罗，并且结婚，那才是真爱！因为你须承担的代价是以后你家世代处在社会最底层。

河对岸就是加德满都最大的火葬场。人一走，红布一裹，架上木块，由长子点火，众亲眷目送青烟直上，扬灰恒河。这里的人想得开，无墓无碑，来有踪去无影，身外之物生不带来死不带去，家人总共只需开销 400 元人民币。这里，是来了不想走的地方。

马来西亚兰卡威树林中到处是猴子。从酒店去镇上，见电线杆顶正襟危坐一只母猴，所谓：独坐高杆，怨你恋你，恨你惜你；为伊憔悴，这里那里，梦里心里。

多年来，每逢出行不识路，我就请教路人。早知自己极有依赖性，有地图也不查，表面上的说法是这样得到答案的效率高，其实是懒得自己解决，不想花时间做自己不擅长的事，更愿意相信别人，把解决问题的希望放在别人身上，欠缺独立性。更不幸的是，看上去桀骜不驯，吃相凶狠，其实是典型的外强中干。

不做计划，一路开车，判断是否在一个地方停留，除了考虑体力和时间安排外，最重要的是旅游书上的图片。你会被一张风光照片勾引，莫名地就想冲过去身临其境，这和你看杂志上的美女图片，有冲动一亲芳泽道理相同。不过如果实地并没有书本上看到的那么好，你会懊悔。所以如何高明地下注是有很多策略和经验的。

向往丽江的男女，其实多是向往邂逅，向往激情，向往艳遇。真正长住丽江，须甘于懒散和平淡。

和人满为患相比，过度开发是一种灾难，千篇一律、毫无创意更是一种灾难。这两种灾难，丽江、大理、桂林、凤凰都在发生，丽江最甚。当然，没来过的人想体验一把风景，那没啥说的。

刚到昆明，才知原定昨晚飞京的那班也被延迟，咱只需坐这儿等到深夜两点，就可以继续飞京城了。喜出望外，觉得今天真是好日子。突然航空公司过来说还有三百元补偿，激动得快昏过去。所以，医生说你得了绝症只有一周了，六天后又说诊断错了，你不仅不恨他，还会感恩啊。只要开始设想得很坏，后面有一点好都会满足。

想去墨西哥，因为弗里达。她曾说过三句话：1. 我不画梦，我画自己的现实；2. 我希望离世是快乐的，我不愿再来；3. 我睡着的时候，我的痛苦都醒着。我多希望永远不要睡着。

在鬼怒川泡温泉，没看到期待中的裸体美女，倒有几个老头老太身裹浴巾，慵懒躺着闭目养神。我扫兴地坐进去，少顷，一只猴子从树上飞下，左爪轻探水中试了试，然后悠然地滑进池中。我张开嘴瞪着它，不敢叫。猴子白了我一眼：你这个少见多怪的家伙。老板娘说，每次它离去时，会在门口放一把从树上摘下的干果。

怕麻烦，轻装。相机包内装 1 部单反 2 个镜头，背包内装 3 条内裤 3 双袜子 1 件外套 1 条军裤 1 个洗漱包 3 本书 3 个充电器 1 个 iPad。无电脑，不发照片。克服恐惧的最佳方式就是行动，做不敢做的事；突破自己的最佳方式就是行动，做没做过的事。

在法国两天走 850 公里，高速国道羊肠路，瞪大眼只见过一辆 Q5，除此外，多是省地儿省油的本国雪铁龙、雷诺、标致，少量大众和欧宝的两厢小车，与地大的美国喜欢彪悍车型有天壤之别。大家穿衣消费更低，不用担心养老，不用忧患，少攀比。

洋人头次进北京看见故宫对北京的膜拜，和你头次进巴黎看到卢浮宫对巴黎的顶礼心态一样。旅行的核心本质就是体验，只有到你少有机会去的地方才会亢奋。故此，喜欢旅行，喜欢某地很容易，就像喜欢情人一样；你一生会喜欢很多地方，只要能和自然对话就好。但爱一个地方很难，还需有在人群中的归属感。

你遇见一个女郎，发生点什么，再破的小城，也会觉得最美；你看到街头卖艺的夫妻，听竖琴配陶笛，坐在台阶上两小时，其他啥都没干，你也会觉得这个城市让你醉了。每个人的喜好、背景与过去的经历完全不同，你觉得好的别人未必觉得好，别人去过某地后说"真好呀，你没去好可惜呀"，你也不必遗憾，你有自己的快乐就好。

无论我们认为自己多么伟大，总是要死的。是的，总是要死的。因为要死很久，活时须努力开心。

不要总说"我会为你去死"，即便世道不公，人心不古，妖孽横行，邪魔当道，活着有诸般不好，但你若死了，就什么都看不见了。你要笑着看这个世界，耐心地等着那些希望你去死的人先死，你期待到来的那天到来。

旁人的抚慰对轻生者至关重要，也许一句良言就可救命。然而越来越多的看客却扮演冷酷无情的杀手，对意欲轻生者嘲讽、辱骂、怂恿，使其不得不结束自己的生命。他们并非死于万念俱灰，而是被看客的冷漠杀死！

冯友兰先生说过，中国文化中，当一个人认为他不能够拯救国家时，为了不在内疚中偷生，便选择赴死。中国的仁人志士们，在求生不能的时候，亦很重视死之权利。倘不能按照自己的意愿和信念完整地活下去，不如选择死亡，将死视作一种保持意志与尊严的使命。

忆起当年参观柬埔寨火葬场遗址，那不是离死亡最近的地方，真正近的地方是医院，医院让你渴望求生。而在遗址上，你仿佛能看见那些飘荡着的灵魂，并且吸引你寻找更多的灵魂对话。当然，陵园墓地也是与灵魂对话的好地方。

预防自杀日，人在青岛，风好云好，遍地长腿。打算告别世界的朋友，当街边走走，晒晒太阳，得点温暖，找到活的勇气；再看看更苦命的人，明白不死的理由。你我同在！

中国文化似乎对提及"死"特别忌讳。譬如我说"假如我死了……"，听者会马上打断，逼着我呸呸呸，赶紧消除口孽。好像说了就会发生，不说就不会，享受着掩耳盗铃、自欺欺人的"安全感"。我以为，早立遗嘱是一种对生死通透的人生态度，也是很好的人生总结。最好每年能更新一次，做到阶段性总结，随时思考什么是对自己最重要的。

1.活着比死难多了，绝大多数人还是迎难而上的；2.人们怕死，是因为不太熟悉另一个世界的游戏规则，对不熟悉的事，我们感觉无法掌控，虽然这个世界的游戏规则并非总是公平，但还是不愿去一个丝毫不了解的世界；3.活着是花花世界，死了是黑白世界，彩色变黑白容易，黑白变彩色难。

有些事你不说，的确一辈子没人知道，但是你自己知道。阳光明媚有人在的时候，你不随地吐痰很简单；关键是夜黑风高没人在的时候，你仍能为了一口痰宁走百步。我们每个人对自己的内心需要有个交代，这个交代的意义在于无论你看上去多么光鲜，内心终需安宁，寻找不到，你就只能散财或寻求皈依。

心理学有实验，用镜子测试动物是否知道啥叫"自我"。笼中有黑猩，镜放笼中，十日后，醉猩，于猩额头点一朱砂。猩醒后，照镜，即刻用手摸额头且用力揉搓，若无以前的自我做比较，它怎能自我判断？当你不知道自己原来是谁，只好任人摆布，不会抗争。一旦照过镜子，看清自己，才能更好地活出生命。

　　你生命中的力量来源有两部分——自己生的和他人给的。如果你不会自我对话，不能学会独处，不曾真正喜欢自己，前半部分就玩完了，只能靠他人赏赐存活。为了得到外部认可，

你会患上强烈的赞美渴望症，会死命表现，只要你认为有可能博得夸赞，你会情不自禁地炫耀一切，充大哥充大款，以使你脆弱的内心虚假繁荣。

说话，大家只关心四样东西，唯侧重不同。分别是：1. 我是否很有效果，很有力，很能感染别人，很过瘾，很被喜欢，很牛？ 2. 足够精确、富有逻辑和条理吗？ 3. 他听懂了吗？达到我的目的了吗？我搞掂他了吗？事办成了吗？ 4. 我没让别人感觉不爽吧？有时，四种会交叉，但是必有一种是最核心的。

你本来不想买东西，看这儿居然围了一群人，好大的热闹，想来必有什么好东西卖，就赶紧过来。结果凑近一看，大家都散开了没买。"啊，你们都不要，那我也不要了。"然后你走开了，还是不知道自己要什么。这个世界上很多人都不知道生命中自己到底想要的是什么。

渴望他人"迁就"者，有三种：1. 以自我为中心；2. 内心是长不大的孩子；3. 希望对方先给自己，然后自己必将加倍回报对方。

"遇事逃避"比"不能坚持"更恐怖，因为你掩耳盗铃，你祈祷问题自动解决，你先做那些你擅长的简单的事，你想把人生中本该你承担的责任转嫁给别人。

爱面子，怕别人知道自己没钱；讲排场，怕别人不知自己有钱。两者都重表轻里，都想在人前长脸，都习惯做给别人看，都要靠别人的阿谀奉承和虚情假意来满足自己。可悲的是，你没"表"时，别人连虚情假意都不愿给你了，翻脸就走。结果，你里外皆无一场空。

"自欺欺人"的显著特征是：拿一些屁用没有的花哨形象意淫，自我粉饰。你看，快看，我多强大，我强大吧。

有一个要命的潜意识可能正左右你，而你毫不自知，那就是：你会同情或支持那些在爱情竞争中流泪的"失败者"。因为你觉得胜利者已拥有了自己想要的，不再需要外界支持了。其实，败只是表面的，而你给出同情，只是让你感觉自己善良而已。

"做人忘本"，就是当环境变化时，突然不知道自己是谁了。说到底，还是自我认知的问题。当对自我实力评估不准确时，外界很多热络的声音会让自己迷失方向，就会得意扬扬，就会尾巴上翘，就会过河拆桥，就会忘恩负义，就会以为东施可以变西施。

也许你一直强迫自己做不适合自己的事，仅仅只是为了向外界证明自己。须知做违背自己内心的事，如果在过程中总感觉痛苦，而不是"痛并快乐着"，那么，该放弃了。

"一个经常被愤怒侵蚀的人，注定充满无力感。"此话，多年前我自己写在书上；多年后的今天，当我再次看到，才醒悟这些年我居然依旧在犯这样的错误。有时，我们以为自己已经看到了，已经看过了，已经知道了，其实，我们什么都不知道。

多数人倾诉痛苦时，譬如离婚、分手、小三、婆媳矛盾、被老板炒、工作冲突、合作散伙……只要与人际关系有关，总会本能地缩小或回避自己存在的问题，将对方的问题放大，借此突出自己是最大的受伤者，获取更多同情或支持。其实是我们不敢洞见自己的虚弱，不敢面对和承认自己存在的问题。

让一个人内心强大的最迅捷最有力的方式，是刺到他内心最痛处。如果你真想帮助一个人，请让他首先正视自己的虚弱，而非逃避。

"有些事，再努力也没用"，这个道理我在相当漫长的年轻岁月里死活都不愿相信和承认。因为我被"伪成功学"打过鸡血，认为没有不可能的事，只要用心，就可感动任何我想感动的人。后来发现，其实内心深处，我只不过是想感动自己——不过要承认这点，会让你很痛苦。哈哈哈哈。

　　动不动就脱口抱怨者，必对自己与他人挑剔，对生活不满，向生命不停索取，哀叹为何别人不理解自己，感慨自己为何总是对他人那般好，内心充满纠结与自我斗争，消极思维大过积极思维……直到他遇见另一个比他自己更会抱怨的，他才能停

顿、对照、观省，方可自知。

我写第一本书时，浑身愤怒。一来为了给打击我的人看，证明他们是错的，我是对的；二来让我女友的老爹看到我还是配得上他女儿的——后来发现其实还是为了证明而证明。我写到第五本书时，意识到自己患了强迫症，强迫自己每天加速自燃写更多的东西，但突然发现我死了只会让不喜欢我的人更得意，我决定慢些死，好好活。

很多人的不快乐，是因为长期习惯性压抑。可惜，年头太长，他们根本不知道自己为何压抑，并且认为不快乐是应该的，是自己的常态。很多人对他人的怀疑，是因为他付出的信任曾遭受盟友的践踏，他没有胆量再去投入信任，他对这个世界失望，他怀着仇恨，只相信自己。不了解成因的真相，你会一生懵懂。

纠结是你什么都想要；彷徨是你不知道要什么；希望是你知道要什么并且你知道有可能得到；绝望是你知道要什么但你知道再怎么主观努力也得不到；心死是你什么都不想要。

如果你觉得对你而言拒绝是件难做的事，你可能以为你只是不知怎么表达。其实更深层里，你希望你在别人心目中永远是好人；你不希望伤害别人的感受；你希望用拖延让别人主动放弃；你对"好"的全部定义就是温婉、圆滑、含蓄。可惜，你无法放弃自我感受，是因你害怕丢失了自己，所以你在当拒不拒中挣扎。

你害怕太小众，那会不被主流社会接受，要孤苦地爬行，太累；你害怕太大众，那可能会同流合污、人云亦云，没法与众不同。你内心总期望自己与别人不一样，哪怕是一丁点儿——不一样的喜好、不一样的品位、不一样的理想、不一样的情趣……最终发现，除了才华的程度，世上很多人与你一样，你没那么特别。

你做任何事的最开始，都会有人说："就凭你这德行？你不可能做成！"你若相信了他们，你死定了。因为他们自己做不到，他们不愿相信你能做到。但是，话说回来，你满怀信心地去做一件新的事情，你认为自己可以做到，你扛住压力，越挫越勇，这时你要小心：到底这真是你想要的，还是你只是为了争口气？

很多时候我们总在看别人，不敢看自己，总在比较，总觉得自己不够好，总想成为别人，却不知我们此生的任务就是做真实的自己。真实是对自己有洞见；真实是接纳，是不抗拒，是不逃避；真实是一切力量的源泉。你在这里，你才能去那里。看清自己，面对自己，才能为修炼圆融找到一条正确的路。

你很喜欢一个节目、一场演出、一堂讲座、一本书，并从中受益。结果这时外界纷纷指责这个节目低级乏味，这个演员庸俗不堪，这个讲师品德不高，这个作者哗众取宠，你会怎么做？我不知道你会怎么做，只想问：如果你真心喜欢一个女孩，别人告诉你她家世不堪、情史坎坷，你还准备继续尊重自己的内心吗？

发狠话易，做狠事难。我深知自己为人"色厉内荏，中气不足"。从前，我总期望能成为一个说话温柔但下手凶悍的高手，可惜修为很差，距离很远。后来，我恋爱了，我总发狠誓示爱，可惜总不成，就越发越狠，每次不成就告诉自己还不够狠。最后，我成了女人心中的狠角色，我的爱竟充满了恨。

人走向自己内心的路，远比走向外部世界的路要遥远漫长许多。康德一生从未走出故乡柯尼斯堡十里之外，隔着时空，就印证了这样一个判断。

如果你不快乐，并感觉自己压抑，解决问题首先要洞见真正的自己，即确定自己到底是因为什么压抑的。工作不顺？父母管束？情感打击？自卑？源头找不到，一切解决方案都是屁！好比你去看头痛，医生先要帮你确诊是疲倦、伤风、肿瘤还是其他并发症引起的，否则无法对症下药。这就是洞见的意义！

"洞见"是一种能力，是不仅可随时发现还能深度挖掘自己问题的能力。它是一面镜子，但无须总是拿手举着，因为你本人就是镜子，你不需借助他人的力量便可自觉自查，"洞见"可让你做到人镜合一。

我并没有鼓励你，我只是告诉了你真正的你到底是谁，做了你的一面镜子，让你能看清你自己。

很多人心里面一直会嘀咕："我又不比你差，凭什么你能拥有？凭什么是你！"当我看到一个我想要的东西被别人拥有时，我也时常会有这样嫉妒的念头跳出。故此，我没有一天放松，不敢有丝毫懈怠，即便出去玩耍也保持高度思考和战斗状态的真正原因是：我可对人堂堂正正地说，"似乎我比你想象的要努力"。

坊间处处谈灵修，谈灵性，若你是修行之人，当知你所能拥有的最伟大的灵性根基源于两点：其一，洞见自我，正所谓内观内省；其二，帮助他人，且你并未期望付出会回到你身上（当然结果是会的）。

为啥读心理咨询专业的人越来越多？为啥喜欢心理学的人越来越多？为何灵修类书籍经久不衰？盖因看不明白自己的人越来越多，读不懂别人的人越来越多，心里痛苦的人越来越多，搞不掂人际关系的人越来越多。其实说白了，就是缺乏洞见、洞察、修炼和影响。

初期，你发现所有的危机都在外面；中期，你发现所有的危机就在你身边；晚期，你发现所有的危机只是你自己。你和外面的敌人厮杀，以维护你的成果和名誉；你和身边的人博弈，在情、理、利中煎熬；你和自己的内心做斗争，是因为最终你发现，所有你和别人的问题，其实都是你自己的问题。

善有善报
恶有恶报

——让你成为善人，就是
对善人的最高奖赏。

名流晚会,巴基斯坦老将雷利拄着拐杖上台,主持人问:"您常去医院吗?"答:"是的。""为何?""因为病人须常看医生,医生才能活下去。"主持人又问:"您常请教医院的医生如何服药吗?""是的,我常请教,因为医生也得赚钱活下去。"再问:"您常吃药吗?""不,我常把药扔掉,因为我也要活下去。"

　　记者问微软的史蒂夫·鲍尔默是否要收购 Adobe,他答:"如你想做某事,你得只字不提;如你不想做某事,你也不要说什么。这是商业世界中大佬的基本风格,俺要守规矩。"除非你要造势,你要以虚打实,你要营造某种风声,否则闭嘴,低头,干活。

　　鲁迅曾提到当年他有一百银洋沉甸甸,被人建议换纸币,使用轻快方便,没多久银行倒闭,痛心;不日,托人走后门兑换出部分银洋,好大欢喜。细想,百元缩水为几十元,为何仍喜?微妙之处正是当中的波折。你一直健壮,未必大幸福,突然病危被救活，虽身体不如从前，仍会大喜。故欢乐与幸福有时须在痛苦之后。

苏轼对有限的人生非常珍惜，他曾坐禅服药炼丹，对生命极爱护与留恋。青年时苏轼与友人章惇旅游，见一独木桥横于深潭，章惇激他过桥，苏轼自甘服软，不愿拿生命做赌注；章惇却铤而走险，若无其事。苏轼一面佩服一面感叹："老兄将来能杀人。"理由是，对自己生命不珍惜的人就不会珍惜他人生命。

梁启超一生被人误会很多次，被骂过很多次，故对狗屁的研究很有心得，曾说了个段子：某学政大人主持学子考试，由于考生太差，只得勉强拔出前三名批注：第一名"放狗屁"，第二名"狗放屁"，第三名"放屁狗"。梁公解释，放狗屁的还是人；狗放屁的是条狗，不过正放屁；放屁狗则除了放屁还是只会放屁。

当年琉球王国受吾国五百年庇护，后清政府无能，慈禧正被列强搞得焦头烂额之时，一句"化外之地随它去吧"，将琉球拱手相让于日本。此地居民对华人心存感激，情意深重，家家户户门神甚至镇纸都是中国的狮子。此地到处冲绳银行和琉球银行，三菱银行曾开分行，但大家万众一心不在它那存钱，活活逼走日本本土企业。

朋友夫妻和睦，性事和谐，老公善养家，她只需天天在家带两个孩子，虽辛苦但快乐。而最大的痛苦是天天要跟控制欲强烈的婆婆做斗争，唯此难忍。身边朋友都认为她无比福气，无须再抱怨。天长日久，内心郁闷无人可诉。某日读一语："福气，享多少福就要受多少气。"顿悟！同理，"名气，出多大名就要受多大气"。

1. 朋友，怀孕，上周，雨天，打滑，流产，哭死。安慰，无用，听哭，听哭，听哭，听哭……再怀上时，伤终会平；2. 朋友突然接了个莫名其妙的电话，就一句话"你老公在外面有小三"，挂了。她蒙了。吾告知："匿名不用理，实名不需急。急无用，急上火，急坏事。大道存，循即可。"

胖胖老婆要生了，他天天把玩《康熙字典》，爱不释手，比当年秉烛夜读《金瓶梅》还认真。众人取名七嘴八舌：若是男娃，金德道；若是女娃，金长乐；双胞胎则名为金可有、金可无。外婆商贾世家，拟取金鑫鑫；爷爷政治受害者，取了个金胜昔，温州高铁事件后，自废，改为金安可。

有个兄弟眼含热泪作悲愤之语:"不要轻易相信有地位、有身份之人的口头承诺!"起因是出道时一个大客户答应给的生意泡汤了。这种事平常得实在不能再平常了,如此激动,只能说明:自己把自己被伤害的感受放大了!多年来我一直受此困扰,虽将其当作激励,却的确活得好生辛苦。

演员甲在某剧中饰演的角色很传神,由此我喜欢上这个演员。而演员乙是我的好友,某日和乙喝酒时,得知甲是乙的宿敌,两人分属两家公司,因角色利益之争早有隔阂。从此,我再也不敢说自己喜欢甲,生怕伤害了好友。所以,有时你根本不能说出自己内心的真实想法。

邬兄烟龄三十余年，自打写作起就养成习惯。突然有天，他对妻说戒掉。别人送我条烟，我转送给他，他说无须，不吸了。我继续勾引他，说嫂子不在无妨。他说，一个月以来，煎熬难耐，他现在抽了，她的确不知，但是他自知，这辈子他会瞧不起他自己。此生总有人注视着你的心，龌龊还是高尚，是你自己的选择。

中学时坐我后面的老柴，近十年没见，今对我说：行车途中路过一个村庄，村口有片坟地，上百座墓，墓主的年龄似都很小，几年几个月几小时几分，最长不过十年多一点，以为皆死于瘟疫。好奇地问村中长者，被告知村中传统：墓碑上刻死者一生开心快乐的时间，每个村民活着时会记录开心的每分钟，直到死亡。

友人怀孕三个月，满怀喜悦，检查确认胎儿先天不健全，做手术前内心痛苦万分。我不知如何安慰，说啥都苍白无力，只能对她说："你受小苦，免了这个小生命来到世上受大苦。"

日间得知友人毫无征兆突然出家，静夜独思，想起他得意之时，府上门庭若市。当年总是吟诵"去年今日此门中，人面桃花相映红。人面不知何处去，桃花依旧笑春风"，如今桃花亦凋落了。

一个结婚十五年的朋友离婚了。我问为何，她说为了自由。我说她本不该结婚，她答："人皆贪念作怪，现在只想做减法，扔掉所有背在身上的东西，扔掉家人、房子、财产。灵魂无所附着的自由是我想要的状态。"

友人领证前与夫相约：1. 我不会看你手机、电脑，请你勿碰我的，每个人都有独立空间，无信任，分；2. 可吵架，但别提"离婚"二字，听到，办；3. 没人可保证未来会发生什么，但至少可保证此刻我们相爱，他日若我爱上他人，会向你提出，若你亦是，也请直接告诉我；4. 把在一起的每天当成世界末日前一天来过。

她说她失眠时，突然想起大学时的好友。每当该好友想念她国外的男友时，就会在笔记本上写一个"念"字。一个学期下来，写了满满的一本。到现在都觉得这个故事很美，或者更美的是她当时的心情，因为再也不会有了……

考拉那年搞了个人像镜头，比我脑袋还大，每次出门要用布袋套着这个镜头，走在路上无比拉风，还没开拍，路人见到就立马觉得此人是《国家地理》杂志的。后来他变卖掉相机，改用卡片机，原因是他突然觉得自己一直在为相机旅游，累且不说，反而成了心理负担。

友人有"选择恐惧症"，做任何决定都步履维艰，巴不得别人为他做决定，想改又不得其法，于是给他说了个段子"布里丹的驴子"。布先生是巴黎大学的哲学家，他说有头驴，在同距离和同质量的两捆干草中间左顾右盼无法决定，所以没走一步路，结果活活饿死。得这毛病的人，多是不肯为自己的人生负责。

朋友短信：兄弟我得一犬子，通告亲朋好友一下，要请你吃红蛋蛋，哈哈。回信：犬父厉害，犬母辛苦了，小犬啥色？

师侄发短信谢我，说："今天，在理解性格之后，才发现近十年时间，伤害自己最多最深的原来是自己。"我对她备感羞愧，认识她多年，却没能让她早些深刻明白，任由她以为在电视节目上的只言片语中就能找到痛苦的根源和所需的答案，这是我的失责。师侄，这一切，都会改变的。

对一个因被陷害正四面楚歌的朋友给予问候，朋友问："世人都说我是坏人，为何你要相信我？"吾有三个念头：1. 你水平太差，干不了什么坏事，使坏是需要心机的；2. 以前当众人说我是坏人时，我深知在那时什么对我最重要；3. 你是好人坏人我不管，我只在乎你对我好不好，纵使全世界与你为敌，我亦在所不惜。

善有善报，恶有恶报，可惜此话多是老实人的自我安慰，世上很多善人被人欺，上帝为何不奖好人，不罚坏人？西勒参加婚礼，新郎新娘将戒指错戴对方右手，牧师调侃："右手已够完美，你们最好用它装扮左手吧。"得出答案：上帝让右手成为右手，就是对右手最高的奖赏；同理，让你成为善人，就是对善人的最高奖赏。

布什在回忆录中提及自己当年聚餐喝醉，问老布什夫妇的一个漂亮女友："人到了五十岁后，性生活感觉如何？"众人低头，老婆和爹娘都怒目以对，被问者紧张地莞尔一笑扯开话题。布什次日清醒后道歉。多年后，布什五十岁生日，此女寄字条到官邸，上书："乔治，你现在感觉如何？"所以，你现在不明白，时间到了，就会明白。

你吃了十年的皮蛋，一直觉得皮蛋味道很好。突然，有一个美国人搞了个自以为很了不起的味道排行榜，说他自己觉得皮蛋是全世界最难吃的食物。然后，从那一刻起，你突然觉得皮蛋真难吃，就不吃了。该鄙视谁？

林冲过得好好的，没招谁惹谁，被设计诱入白虎堂。飞来横祸就是指：你安心过你的清净日子，总有人要来烦你。伊索有云：蚊子叮狮子，狮子不停拍打，最后活活累趴，让其他狮子耻笑，还让蚊子得益，高叫看我多牛啊。故最好的方法就是，要么一掌拍死它，要么安静地等着后面的蜘蛛干掉它。

宅女早婚，育有一女，终日吟"绿度母咒"，生活寡淡无味。年后，为情跟着老公的朋友私奔到港，没多久跟了香港某大户，然而好景不长，大户和她女儿相好。宅女如五雷轰顶，情绪不稳，五迷三道，人颓神废，家人以为出事，送入精神病院。原本只是性格问题，当成精神问题处理。惨。

孟子和老妈说，老婆不懂礼貌，在家里休息时居然叉开双腿，必须休掉。老妈问他咋知道，答曰："亲眼所见啊。"老妈说："《礼》书中早说，要进门时，先要问里面有没有人；走进房间，不要东张西望探窥别人的私生活。你媳妇自个儿独在闺房没人会瞧见做啥，你自己无礼，怎可反责怪他人无礼？"孟圣人羞愧，永不提休妻。

有个师傅一直认为，助人成长是他的使命，如不能助人精进则失去人生意义，是失责，是罪过。某日，一徒要出山，师说："你功夫不到，平时无妨，遇见高手一戳即死。"徒不听，师怒，不准下山。徒越墙而走，师伤感。其实，当他不需要时，你不必给他，随他去吧；他要时，自然会回来。

美国有处男，体内发热，情急之下涉足青楼。进大门后，发现两扇小门，分别写着"有经验""无经验"。处男自然从"无"门而入，谁知，入就是出，自己又回到大街上。许多做学问的，对很多没有经验的人往往就玩这样的把戏，也许并非有意。故传道者第一条，需让有经验和没经验的人都能明白。

欲望是烦恼的根源。你开了个微博，本来是为了看天下、晒心情、做笔录、交网友、跟潮流。结果，时时盯着粉丝数、评论数、转发数、"爱特"数，希望快快大起来，天天执迷于此，不能自拔，还到处求爷告奶求关注，刨根问底为何取消关注。你由乐生悲，魂不守舍，被微博所控，丧失自由。一切皆因有欲。

文人多是理想主义者，都寄希望于他们的代理人——某个强势的敢于打破旧有体制的有经世济民情怀的铁腕人物早日出现。他们自己只能以笔为刀苦苦地启发民众心智。如果遇见明主，就甘愿报效，被收作麾下幕僚或背后推手；遇不见，只能退隐或郁郁寡欢一生。风骨不硬的就被恶势力收买做了文化打手。

泉州港不知何故改为湄洲湾港，想起当年徽州改黄山。提出改的同学不重文化，决定改的同学不重历史。今在漳州中行演讲，想起当年到永定土楼游荡，但愿不会过几天漳州也易名。

流沙河老先生擅长文艺理论，认为自己摘掉右派帽子后的十年里写的诗多为配合政治宣传。那些诗有现场效应，无长久

价值。好诗都是非功利性的，非常纯粹，与政治无关。流沙河老先生非常自谦，自认条理逻辑强，感性不足，少奇思妙想，故诗中骨多肉少。

诺贝尔文学奖得主帕慕克演讲中曾有一语："作家的秘密并非灵感，因为它的来源并不清晰，而是顽强和忍耐，土耳其语中对此有可爱的表述——'以针掘井'，它塑造了我心中作家的形象。而写作就是将对内心的凝视转变成语言，是去探究当我们向自我退却时所经过的世界，是怀抱耐心、固执和喜悦去完成这一切。"

看李玉刚唱男女反串，惊为天人。想起他出道时，毫无根基背景，被众人打击排斥，家人亦视其为妖孽，不务正业，没人支持。名门正派婉言谢绝其入门之请，建议其另辟蹊径。他苦熬至今，终得正果，众人却少知他当初煎熬之苦。

当年明月有句极打动我的话:"此生你会遇很多人,遭很多事,得很多,失很多。"

百老汇《妈妈咪呀》演出结束,全场 2000 名观众起立鼓掌15 分钟。这让我想起天堂和地狱的差别。两地吃饭都只用长筷,差别是天堂的人都互相给对面的人夹菜所以吃饱,而地狱的人只给自己夹所以永远吃不到。如果你想看到好的表演,须先付出你的热情,方可激发演员更大能量,最终其实是自己受益。

虽然我不是伍德斯托克音乐节上的嬉皮士,但我喜欢他们尽情释放束缚、与天地共呼吸的表达方式,让赤诚和真实自然流淌般表达。

《新闻晚报》上有文《动物的逻辑》,看了一段,内心激荡。公元前 55 年,罗马领袖庞培举办人与大象的格斗,大象知毫无逃生希望,它们"向观众求情,用无法描述的动作赢得他们的同情——为它们悲惨的命运而感到哀痛"。那天,观众不约而同地被这种奇特的交流感动并咒骂庞培,这被视作动物界的通性——本能之爱。

《人物》杂志最新一期曰，宫斗剧流行投射的精神状态是：对不确定的未来存有无比巨大不能消解的恐慌和焦虑，莫与现实抗争，把个体追求深埋心底，落哪儿便按哪儿的规则行事。诸位恐慌焦虑吗？我从前排斥娱乐，现今陡然发现，繁杂世界喧嚣心境，只能仰仗两道：长需信仰灵修，短需娱乐消解。

　　历史上文人志士遭迫害，或自尽，或苟活。自尽者，师从屈原，"士可杀，不可辱"，认为如果不能按照自己的信念完整地活，不如死，死代表了最后的意志与尊严，要以死感召天下。苟活者，师从司马迁，"留得青山在，不怕没柴烧"，死也许可明志，但只有生才能践志，一定要活着看到恶人付出代价。

　　司马迁在《太史公自序》中提及：姬昌被禁闭在羑里，推演《周易》；孔子在蔡国遭厄运，写了《春秋》；屈原被放逐，著了《离骚》；左丘明瞎了眼睛，搞了个《国语》；孙膑脚筋被挑断，兵法弄得很牛；韩非子被关在秦国，写了《说难》……从古到今，中国历史上真正的文学大家几乎都是先倒霉再光辉。

　　看武侠，有时是种麻痹。在这个成年人的童话世界中，高手多是幕后隐士而没兴趣亲自上阵改朝换代。他可想象自己有能力除暴安良，凭一己之力夜入皇宫，与天子秉烛夜谈，促使他杀贪官、用忠臣，告诫他水能载舟亦能覆舟。但侠客永远不明白，所有的天子都认为"普天之下，莫非王土；率土之滨，莫非王臣"，所以侠客对历史的作用有限。

十年前的学生睡不着，半夜打电话叫醒我，让我推荐影片，不要文艺的，要流行的。荐了两部：1.《让子弹飞》：看老六剖腹，为了证明自己的冤屈，最后屁事没办成，还使亲者痛仇者快；2.《武侠》：看金城武，可知善愿也许得恶果，可知一个高技术捕快最重要的核心是深入调查、百般求证，可知伟大捕快必然敢于为自己的言行担当。

《肉蒲团》观感：香艳少，沉重多。1. 恶人的确终有恶报；2. 善人要让恶人得恶报所付出的代价比恶人大得多；3. 恶人多咔嚓就死，善人多受尽折磨而死。果真如此，善人岂非心凉？也许：1. 让善者从恶对善者是最大的痛苦；2. 制度不好，善人亦成恶人，反之，恶人亦可向善；3. 善人多手软，心存慈念。

《金陵十三钗》观感：1. 南京话大美；2. 比小凤仙、柳如是、赛金花的故事更能使你对青楼女子产生尊敬感；3. 我心肠比以前硬了，只落泪四次，姑娘们讨论替学生赴死的对话，最痛；4. 激动的人们总以为抵制日货就抗日了，却不知我们最大的敌人之一是：我们自己常遗忘历史。

看穿越剧的最大坏处是不想干活，时刻寻思着怎么穿越。我在雨中立定，等着雷电眷顾，想着说不定噌的一下就落在兵荒马乱之地。但从这可以看出，老师激励孩子苦学历史的一个好方法就是：你现在努力学，万一穿过去后可做卜卦神仙，还能活着回来。

你老公常说你和别的男人乱搞，其实你屁也没干，你忍无可忍，特意去搞点外遇。"你不是说我做了吗？好呀，我这就做给你看！"人家说你偷吃了鹅肉，你天天吃草根，人家说你就是吃了，你剖腹时满怀悲壮，心想："老子死不足惜，希望我的死能唤醒你的良知。"你忘了你死后人家会说怎么这么开不起玩笑呀。

遇大事，先反复问自己是否能承担最差的结局，如能，则毋庸自乱阵脚，因情绪失常导致再出昏着。既无后顾之忧，则当怀良性意识，全力向前，恐惧缠身时，专注想你所爱之人所爱之事，回放《功夫熊猫2》中赤手挡炮弹之"静心"一道。谨记，心乱则事废，无眠则无神。越有大麻烦，越要强迫自己好好睡。

在一个充斥着谎言的社会，学会甄别真假需要莫大智慧，学会坚守真实需要的却是勇气。初级的真实，通常都是引颈就义，不加掩饰，我想什么就说什么；高级的真实，极难，要能隐忍，能圆通，因为不到更有话语权、更具火候的时候，无法实现更大的真实。在此过程中，很多真实者的"真"会被磨成假，丢掉最初的理想。

次贫穷阶层宁愿把钱捐给富裕阶层，也不愿把钱捐给最贫穷阶层，因为人们恐惧成为社会组织结构的最底层。

医疗体制的问题，最终还是全部转嫁到基层医生和患者身上。再砍医生，医生更不敢担责，没人敢当医生，倒霉的还是我们自己。对病态、极端、心理不健康的患者，该强烈谴责。对医生而言，每天遭遇生死，自然难免麻木和不动情，只是需理解所有患者的心情，你的一句良言和微笑对病人意义非凡。

给"差生"戴绿领巾，与"文革"时标注你这个小兔崽子是"黑五类"没区别，就只差顶"牛鬼蛇神"的帽子。这对孩子心理的打击将一生如影随形，这也会让其他孩子对他们产生疏离、隔阂或嘲讽，进而让戴绿领巾的孩子对人性不信任，对社会充满仇恨。谁来为他们的未来负责？想出这招的老师和学校把人害惨了。

景点常有游客信手涂鸦"×××到此一游"，坏了环境和兴致，从小到大我们鄙视这样不文明的行为，却难得想为何有无数人仍旧乐此不疲。对于极力想证明自己的存在价值又没途径释放的可怜人而言，他们在想，就因为你是领导是名人，你写的字就可以挂在匾上，俺写墙上就不行？俺就写，反正你们查不出。

当下国内酒桌的普遍情形是：若对方敬酒无比执着地让你喝，你坚定地拒绝誓死不喝，要么你根本无求于他，要么你有

免酒令（比如胸膛前刚缝好的开刀疤痕）。这种酒文化的国民根基深厚，在相当长时间内还无法消除。你不想伤害他人的热情，方法是：1.练六脉神剑；2.饭前先说丑话；3.让医生开癌症晚期确认单。

夜店是一个好地方。在这里，你期待艳遇，你伺机而动，你嗅觉灵敏；在这里，你花枝招展，极尽挑逗之能事，随心而乐，随乐摇摆，尽情将自己白日里不敢示人的心灵深处的欲望释放出来。你之所以这样，是因为你心里清楚多数到这里来的人和你一样，都是压力无处释放、心灵无所寄托的同类。

家中后院一小块地，已有番薯和玉米，辟出一半，原打算搞点花，现强烈决定熟读《本草纲目》，种点救命的草。万一腿脚不便、机能衰竭，自家磨药粉熬药膏，自给自足自救。

著作权法对音乐作品创作者没有起到起码的保护作用，国内环境下能否做到、如何做到是系统性难题，但法理层面对创作者劳动的不尊重，只会扼杀创作热情，逼迫更多人投机取巧，让人们的心态变得更坏。

4月23号，很多人这天会呼吁要读书，因为平时呼吁媒体不愿理睬，理睬了也没人注意，借这个世界读书日，大家都可忧国忧民一下。可怜的是所有呼吁的人都很清楚，这天过完，人们还是宁愿拿大笔银子挥霍在他处，也不愿花丁点银子买书。因为多数人求短平快，认为书不够刺激，生效不够快。这导致呼吁的人很伤心无奈。

窗外暴雨，空姐报因太原上空雷电交加不符飞行规定，起飞需等，航空公司为此向旅客深表歉意。此乃天灾，并非你错，没人怪罪，何必致歉？但航空管制和流量控制导致延误，致歉口气也是如此，迄今也搞不清谁的问题，只能被"强奸"。常被奸，只要不死，就无痛了；众人都被奸，就无所谓了；众人都不叫救命，就无呐喊了。

当一个善良、柔顺、大气的女子向一个被父母压抑和打击，只能躲避在孤独世界中自娱自乐的孩子静静地伸出自己的手时，这只手，就是仙女的手。

我们的耐心与科技发达的程度成反比，对速成的渴求，正蚕食着众人生活的情趣，但周遭人多数如此，故吾辈如入鲍鱼之肆久而不闻其臭。

看到《海洋》中人类宰鲨那段，背后渗出冷汗，不知何时外星人会将这用在人类身上。一部分人不相信有外星人，觉得我这话是扯淡；另一部分人有同感，但想想离自己还远，地球上自己的事还关心不完，要死大家一起死，也轮不到自己操那个心，所以看时感慨，看完就忘了。我们就这样恶性循环。

更多人关心流浪猫狗超过关心流浪人，因为：1. 人会恩将仇报倒打一耙，动物暂无此功能；2. 用是否喜欢小动物来判断一个人是否有爱心，太过狭隘，因为有人天生怕动物；3. 关注一次小动物很轻松，因为可表现得或感觉自己很有爱心，但多数人无法长期坚持，因为太麻烦且要承担很多责任，并不刺激

也不好玩。

在男欢女爱上，学好数理化不如学会吟诗作对；学会吟诗作对不如学点画画；学会画画不如学点音乐。从直接击中并震颤对方内心而言，小曲比 sin、cos 更有效。所以，剥夺儿女课外学习音乐机会的父母是狭隘的、没有远见的，只专注成绩本身而忽略儿女全面发展的父母是可怜的、罪恶的。

很多父母因怕小孩学坏，管教过于全方位，总打着"为你好"的旗号，行禁锢人性与束缚自由之实。孩子成人后，对社会恐惧，缺乏独立性，谈个恋爱也不会。爱反成害。

生即为死
周而复始

——如果总是拼命想着把自己的生活搞得像戏剧，很有可能等待你的是悲剧。

zzz

工作狂友人开刀，从上三路到下三路全要动，进病房前呐喊"出来混，该还啦"，劝诫我人近中年必有危机，过去的熬夜死扛都存在那里等着发作。故此，研发了一个针对颈椎腰椎前列腺乳腺都有问题的可怜的白骨精们的演讲——《你不为你负责，谁为你负责》，内容就是：离开案头，少赚功名，好好锻炼。

《出埃及记》曰："要谨记安息日，奉为圣日。六天要从事劳动，做一切工作，但第七天是耶和华你上帝定的安息日，都不可做任何工作。"上帝早有训示，每周你六天谋生，第七天该舒畅些，多享受自己的生活。我可以找出很多理由来和上帝说，不是俺不想听您的话……上帝说，那你就等死吧。

据说海岩的同事对他说，老板呀，你看你多幸福呀，啥都有啥都不缺呀，多少人羡慕你呀。海岩说："我每天只睡三个小时，我还早死呢，你咋没看到呢。"同事愣了一下，像小强一样继续跳起："我也想早死呀，我要像你一样呀。"所以巴菲特的前列腺不好，很多人也会心里想，这算啥呀，我要能像他一样，宁愿早死。

日前电视上某位腼腆兄弟胸肌发达，有轻微前倾，我当时建议多练背肌少练胸肌，被健身友人斥为纯属不懂装懂的瞎话，甚为羞愧。我那外行话，无须听。健身须以健康和整体美为第一，虚心向懂行的好手学习，认真听自己内心的感受，多看看那些真正美的东西。

过去，你怕睡觉，怕睡过去就醒不过来，怕这样就做不完你要做的事，怕人生没意义，怕活得没价值，怕得到后无力承担声名之负累，怕失去后找不到自己在哪。直到有一天，你突然明白，每个人的一生都是在打发早已分配好的时间，只是打发的方式不同。

没出道时，大人们总告诉我："你还小，社会非常复杂，你长大了就明白了。"我长到很大的时候，发现还有好多东西想不明白，才醒悟原来这和年龄大小没有关系，这和摔了多少跟头、遇了多少事有关。我对"复杂"有新的理解——我们每个人做的任何一件事都可能以各种结果影响着我们意想不到的人。

有一次在教会听演讲，深受启发。牧师说，一个人是否不枉此生，一是看他是否完成了他想做的，二是看大家是否很高兴曾经有这个人的存在。

有心做事，无意争霸；侥幸夺魁，实属巧合。为天下先者，多数不得善终。怀大梦想，行中庸道，过小日子，当保此生无虞。

活着为了工作，工作为了赚钱，赚钱为了吃饭，吃饭为了活着。周而复始，生即为死，是人的悲哀。

那日说道：1. 见风使舵者令人生厌，但利益攸关，身不由己，没人愿意惹火上身，乐得隔岸观火，这可以理解。但真朋友自知在你富贵时藏，贫贱时出。2. 年轻时恨女友绝情而去，长大后方忆女友百般好，分手亦是福；年轻时恨兄弟暗算，长大后方知情义仍在，俱有成长。3. 年轻时只想趋利避害，长大时方知阴阳相倚。

那年，我和璐相爱时，没觉得她有悟性。很久以后，她去了尼泊尔，回来后写了《灵修之旅》，我以为我了解她，从未细读，今发现一段话："当我回首，最棒的时刻是我意识到我现在所为不是为日后某时达成什么。到了一定年纪，就没有未来了。当下变得浓厚，它变成了你正在经历的事情本身。"

过往人生一小事，在痛苦洞见自己的过程中，居然是影响一生的大事。有个姑娘从不对任何人提任何要求，后来终于想明白不是没欲望，而是怕被拒绝。她不解为何自己对拒绝如此恐惧。有一日课中顿悟：儿时，父亲破产，全家举债，父母携

其步行三十里到亲戚家借钱，离门百尺，咣当一声，唯见亲戚背影……此景成为一生的烙印。

长得美没啥大用，只有小用。这个世界上，大多数有钱的商人、有权的政客、有货的文人，都不是帅哥美女。姿色不错的，从小到大易得关注，付出较少的努力便能得到比姿色普通者更多的资源，不愿更努力，一不小心就掉入仗貌骄人的陷阱。所以你想做大事，别太美。至于多数明星，没啥大钱，而且多需依附商人。

喜欢做饭但讨厌洗碗，表面原因是对手的保养不好，深层动机是做饭是创造，但洗碗不是。不喜欢做饭常见的原因是：不会做，怕麻烦，觉得浪费时间，外面吃方便、选择多。深层动机是：1. 有人给你做，你内心享受被人伺候、被人照顾的感觉；2. 你还没找到那个你愿意为他做饭的人，所以你无法享受做饭给他吃的快感。

各种养生方式，无论多么神，要素只有两个：慢和坚持。"慢"，不解释了；"坚持"，就是有规律地生活。像我们这种每天急行军打仗，每天换三个城市奔波，每天寝食无定的家伙，一个要素都做不到，必是早死的命。大家都明白，但改不掉，因为都在暗示自己：多活几年也没啥大用，俺要辉煌地死，再熬熬，以后就不会这么苦了。

人近中年，万事皆空，身体为重，一切放慢。悠着走，缓缓活，不用去无比自豪、无比个性地追求烟花般的绚烂。从生命长度而言，是有另外的方式可以不用昙花一现也能绚烂的。养好自己是头等大事。

砍价三诀：狠心、厚脸皮、耐性。

读到一段对经济学的别样定义：我们所做的任何决定都包含着取舍，我们可能是在现在的效用和未来的效用之间进行取舍。当你买一本书时，实际上暗示着你决定不将那笔钱花在别的地方。当你顺手点击一个微博时，这代表你决定不看另一个微博。生活必有取舍，这就是经济学。

虽然生活有时的确就是戏剧，但你如果总是拼命想着把自己的生活搞得像戏剧，等待你的很有可能是悲剧。

近日出了些事，沉重得很。家中阿姨留了杯茶，杯下一字条："先生，早些睡，所有现在发生的，都将成为你记忆的一部分。"

一天，飞机上待 7 小时，机场候机 3.5 小时，去机场路上 2 小时，过 3 座城市，住 2 家宾馆，跨越 3 种季节，做 1 台演讲，开 1 场会，见一行人，读若干资料。这种生活，是我在银行工作时每天做梦都流口水的，我嫌自己去的地方不多，见的世面不广，干的事业不大。现在，按照黄老邪的说法，人近中年，阴茎无声垂下，只想化为猫宅着。

小时候我被村里的黄狗咬过，时至今日，不敢养狗，只敢远远看着，看着人家大狗和孩子们在草地上打滚，自己可劲儿地流口水。我被狗伤害过，可以去找那个狗主问责，但我不能恨所有的狗，那会让我的仇恨莫名其妙，让我自己无法得到宽解。如果我们不能妥善处理与动物、自然的关系，会遭报应的。

如果有条件，每年的最后一天，应该啥都不做，找个没人的僻静处反思：这一年我过得咋样？和我开年时的期望相比，我是进是退，还是原地踏步？无论结果怎样，你都会懊悔，因为还是浪费了很多时间，做错了很多事，错过了很多人。这一天，对你即将过去的这一年弥足珍贵。明年怎么活，你可想好了？

倒时差唯一的好处是可以想自己到底每天需要多少睡眠时间。很多时候有的人只是受到了内心暗示，觉得不睡够八小时今天一定会精神不好，于是赖床不起，成为一种心理惯性。就像有人不停地高喊减肥，吃东西的嘴却从来不停，其实根本不饿，只是习惯性地馋嘴，无法自控，还没享受过与天性恶习搏斗胜利后的心灵喜悦的味道。

2011 年是我此生迄今仅次于 1999 年最煎熬、最痛苦的一年。除了实现个别目标后有转瞬即逝的快乐外，我的多数时间

都用于胡思乱想，用于纠结选择，用于自我折磨。我看着那些不屑痛苦、一心前行的成功者，看着那些深刻明白人生得意须尽欢的快乐者，自叹弗如。因不愿承认我是个弱者，就对自己说本命年过了就好了。

知我体弱多病者，祝我身体健康；知我贪婪多欲者，祝我更上两层楼。尚没收到我想要的祝福，遂端起手机，发了条短信给自己："祝乐先生多多浪费时间，不要太急，不要太赶。咱不搞革命，不争那朝夕。"

屁被你在意，不是因为屁有多臭，也不是因为放屁的人是谁，而是因为你担心周围的人被屁熏倒。你看到本来闻着你香的人被屁一熏就掉转枪头闻着你臭了，你希望让人们看清真相，但世上很多人不需真相，只想看乱象，因为乱象可调剂没啥希望的生活，也可缓解不平衡的心理。你想不被屁熏倒，你就要让自己好。

过年就像放烟花，绚烂过后，有家的各自回家，留下一堆寂寞的残渣；没家的赖在人群中，生怕热闹散尽，不知去往何方。求喧嚣者，多空虚，不如求心安，那里是归处。

当下局势令人沮丧，难免恐慌，若处理安妥，终有一天将感到宁静无悔。一生总会有起有落，突遇变化，心情跌至谷底，痛苦之时才发现，上天恩典从不轻易显露，只有在悲伤的深渊才能清醒。如你所说，来了便无退路，容不得你畏惧。我在这厢，随时在，随时伸手，共患难。

一直以来，我对流行的人或事物都比较抗拒，对小众情有独钟。过去，总暗示自己，这是品位的象征。如今，方才明白，心气高傲者对流行的不屑，其实是出于对赶时髦、追流行者内心的不屑，不甘与之为伍。仔细想想，能创造出流行者，必有其过人或可取之处，故你想击败它，必先进入它。

子夜，倒时差中，睡不着，干瞪眼，看天花板。听电视中牧师传道，床边播老和尚念经。索性坐起，结印，不在相对的世界中追求绝对的东西。

自心清明，淤泥莲花。

花太多时，叶才是花。

洒家俗家僧家，入世避世出世。

人为善，福虽未至，祸已远离；人为恶，祸虽未至，福已远离。

真正喜欢自由翱翔的鹰，需落脚点，但不愿每时每刻带着母鹰在旁。

一个大亨告诉我，虚实结合的奥秘是：你有什么不重要，别人认为你有什么最重要。

你若无意见我，为甚梦中相见？正欢愉，邻鸡啼，一场寂寥，空有晨曦碎片。

虚名浮利，劳心伤神。几时归去，做个闲人。对一张琴，一壶酒，一溪云。

盲目疯狂者，自以为一见钟情好美，殊不知"以色事人者，色衰则爱弛，爱弛则恩绝"。

所有的问题，都是自己的问题。

事前，你担心；事中，你挑剔；事后，你后悔。

天赐你天赋，必予你使命。你既得之，你逃不得，亦无处可逃。你逃了，便负了天意，你不是你。

你很空，觉得日子过得好慢。很多很多年后，一瞬间，发现你错了，日子原来好快。

无论你多么追求心灵的自由，你的一生中总有些时候，有些事情是要做给别人看的。

要得太多，想得太多，说得太多——去三多，心即平。

无家可归者不知身放何方，有家不归者不知心放何方。

赐你荣华富贵，只为使君知晓人生百态；让你穷困潦倒，但愿你可体验世间冷暖。

你爸可以认为你是他的作品，但是你不能认为你自己是你爸的作品。

对人长时间地迷恋，必须有两个要素：神秘感和距离感。

悲痛之时，总有人力不可及之处，唯需神力。愿尘世之中，你我心静，众人安宁。

他说他马不停蹄地忧伤，我却从未停止过痛苦的脚步。

聪明面孔笨肚肠的人，远远多于聪明面孔聪明肚肠的人。多数人被外表迷惑心智，被眼睛控制心灵。

毋庸多言，只管前行。假以时日，天地自明。

有梦想者心中有灯，不怕夜路。

在发誓和做到之间，谁都知道做到更可靠，但人们还是那么喜欢听誓言。

压力来了，如果你无力抗压，请相信：时间会让所有你认为巨大的问题都变成屁大点儿的问题。

独坐高杆，怨你恋你，恨你惜你；为伊憔悴，这里那里，梦里心里。

"我希望我成为一个没有欲望的人。"——这本身就是一种欲望。

予人玫瑰
手有余香

——你放大了痛苦，一切便不值得；他放大了快乐，所以就值得。

寒蝉凄切，骤雨初歇……

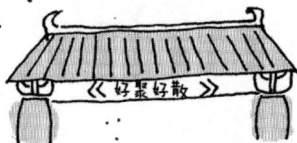

《好聚好散》

这大概是最后一次有机会请你吃鸡腿了。

可……可是鸡腿是我的最爱啊，我还以为……

老娘我忍无可忍了，我此生最恨是鸡腿！

滚

故，人所欲，施于人。

"你说什么是你的事，我做什么是我的事"，这话是那些不在乎他人评价的人说出来的。如果你的很多快乐源于他人的认可，这话只能作为你修炼心境的一种激励。

常被愤怒侵蚀者，充满无力感。故此，喜欢发火的人其实内心虚弱，我就是这样没用的人。当易怒者修炼时，会有两个瓶颈：其一，多数易怒与情绪化相关，要常问自己：这样的情绪会影响我要的结果吗？其二，也有人发怒是为了引起对方重视，但你要小心自己在生气时信口所说的话，因为"恶语一句六月寒"。

控制怒火，不是让你憋气，不是让你从 0 默数到 100，不是让你在台前放块"制怒"的石牌，而是当你愤怒时，永远让自己思考："我真正想要的到底是什么？"并且评估：发怒是否可以解决你的问题？不要搞到最后，自己掏心掏肺，肝胆俱焚，别人还会觉得你毫无修养。这买卖不划算。

一个人成长中若长期被压制被压迫被压抑，那么，被极端封闭的情绪，就会以各种极端的方式释放。

冲动的前奏是情绪化，情绪化的本质是你无力控制情绪从而任凭情绪控制你。有的人发泄情绪存有目的性，希望通过发怒让对方就范或产生恐惧，我常用这样的方式。现在发现这样的方式有两大恶果：第一，对方会产生免疫力，对结果毫无作用；第二，你自己的心脏会越来越糟，而当你生病时，没人会怜悯你。

有人常与你吵架，其实他内心有两种诉求：发泄与求胜。1.如果他和你吵架，你总是既不妥协，也不搭理他，让他压根无处使力，气泄不出去，久之，他就没有和你对话的欲望；2.如果每次和你吵架，都是你赢，他从来没有尝到过胜利的味道，久之，他也没有和你对话的欲望。

1.收放自如——可以控制情绪和平衡情绪的高手；2.可放不可收——多数人都处于这个阶段，发作一流，但控制和消化不行；3.可收不可放——如果你有情绪时，无法合理释放，最

有可能你是备受压抑的红色性格；4.不可收亦不可放——无法控制情绪，也无法合理地释放情绪，看来你问题大了。

　　信任是个很要命的东西，尤其是你素昧平生或与你毫不相熟的人，在众人都不相信你，包括你自己可能都不相信自己时，就愿意赋予你这个叫"信任"的东西。真要命，这会让你愿为他肝脑涂地。所以，现在，别人信任我，让我害怕，我说你还是别信了，因为你信了我，我要回报你命，压力太大，信任真要命。

　　我们担心着了别人的道，陷入说不清的冤，被虚假蒙蔽，被恩将仇报。我们不敢付出信任，是因为我们曾因信任付出代价。我们听说信任会付出代价，我们不敢相信陌生人，我们要相互提防……正因如此，信任才弥足珍贵。无须原因，纯粹的信任，是那么动人。

你予人信任，人予你信任则喜，人负你信任则哀。

信任律一：先付出信任的一方，的确要承担风险，但也可能因感动被信任的一方而得到意想不到的丰厚回报。

信任律二：当你信任别人，而别人践踏了你的信任时，你会受伤，你便不敢轻易再信任他，你的懊恼是因为自己眼光不准、遇人不淑，但你的痛苦却在于你不信任又别无选择。

信任律三：当发现自己给予的巨大信任被辜负时，如果失望，说明已准备放弃；如果很愤怒，说明仍不准备放弃，但充满无力感。

信任律四：信任一旦被破坏，继续信任就很难，总会打些折扣，要想回到从前，需要相当漫长的时间。在这个时期里，曾经辜负信任的人总会很愤怒：我已经改了，不会再破坏信任了，为什么你还是不信任？他们并不明白：信任是一瞬间的决定，但重新信任却是一个漫长的验证过程。

信任律五：你的信任被辜负后，不敢再付出与过去同等程度的信任，且疑神疑鬼。当对方愤怒时，你心想："如你一直让我信任，我怎会做那些你认为不信任你的事？信任应该经得起考验，总要有人来检查你是否仍值得信任。"可惜在不知不觉中，你已完成了从信任者到怀疑者的转变，只是你以为自己还是那个信任者。

信任律六：信任者被伤害后，要么选择放弃，要么选择感化，如果不能继续给予同样乃至更大的信任，辜负信任者总会认为你肯定忘记不了过去的事儿，一旦风吹草动，必有怀疑。所以，既然不管你怎么做也达不到过去的状态，还不如不做。

人之本色
红黄蓝绿

—— 你需要有一面镜子，一面随时自我洞见、观照自己的镜子。

辨人需辨动机，且看
不同性格色彩的人因
何而宅。

红色

失恋ing

黄色

工作ing

蓝色

修行ing

绿色
……

…… ♪

在理解 FPA 性格色彩时，入门者最易犯的错误是把自己的表面行为当成自己的性格，其恶果是：你明明是善叫的猎狗，却以为自己是狮子。而当太多人被你的表象迷惑时，也会说你是可怕的狮子，结果你真以为自己是狮子。可惜，狮子和猎狗得到人生快乐的方式完全不同，你一直按照错误的人生轨迹在生活却懵懂不知。

在性格色彩的四大功夫中，常有人说，如何洞察、看清别人的真正性格最难。我告诉他，大凡喜欢外部招式的人，都觉得"洞察"最神奇。真正懂行的人，才知没什么比"个性修炼"更难。读懂别人，需要的只是时间和经验，但是，修炼要天天和自己斗，是内功。可惜，这个世界毕竟还是看中花拳绣腿的人多。

现实中，愿意真心关心你并直言你缺点的人不多，那些真心关心你的人又不一定有能力发现你的问题并戳到点子上。说白了，在个人成长上，"想帮你者无力帮，能帮你者不会帮"。所以，你需要有一面镜子，一面随时自我洞见、观照自己的镜子。性格色彩就是这面镜子，掌握此规律，即便无人提醒，咱也可自救。

"人如此复杂，怎可用四色分类"这个问题，常由未明先问、自以为是、不懂装懂这三种人提问。第一种人性急，还没做基本了解，就急着发问，怕不问等下就忘了；第二种人矫情，认为自己很复杂，认为自己与众不同，认为自己不了解自己所以别人更无法了解自己；第三种人可怜，觉得自己啥都懂，其实是半瓶醋。

"A strong man can save himself, a great man can save another! （强者自救，圣者度人）"此语乃影片《肖申克的救赎》中的台词。而学习性格色彩的核心正是从自助到助人，首先解决自己的困惑和痛苦，继而帮别人化解心魔。

问：能否不上课就学到性格色彩的精髓？答：1. 技巧可以训练，感受无法替代；2. 学英语为何要上课而非只看教材？学习需要环境，同理，学习性格需要在群体中对比与读人。

张同学："乐嘉老师，我上课看《FPA 性格色彩入门》被班主任收了，她说不可能还给我。她是个幽默感特别差的人，而且控制欲很强，应该是黄色性格吧？有没有办法让她还给我？对我来说这本书够贵的了。"乐嘉："张同学，黄色性格者不会因为这么小一本书坏了自己的名声的，若真不想还给你，她嘴巴上是不会说出来的。你课后去拜见她并报告：'谢谢老师对我的管教，读了这本书，才知道你对我的严厉原来是为我好，我以前完全不理解。我勒紧腰带，拼命攒钱也要再买一本，记住您的好。'"

他问我："学会性格色彩，把人都看透了，岂不是相处起来很没意思？"我问他："你知道自己总有一天会死的，那你每天活着还有意思吗？"

我这半生，自尊心极强，因出身不高贵，容不得他人轻视，哪怕舍去性命，亦要为名誉而战，誓要让轻视者付出代价，故而活得很累。作为红＋黄性格，一旦感觉受到伤害，会像刺猬般防御反弹，伤人伤己。

多年前在深圳，我一直想针对三个不同的庞大群体开设三门课程:1. 如何运用性格色彩从二奶升为大奶——向文迪致敬，向慈禧学习；2. 原配稳坐钓鱼台的艺术——如何运用性格色彩让二奶永世不得超生，只能做小三；3. 如何运用性格色彩在数奶中平衡及选择情人的艺术。识货者真是车水马龙，我怕不和谐，没拿上台面。

从清朝袁枚收集的武则天闺房秘事中可知，武则天的女儿早就学过性格色彩的钻石法则，知道对什么性格的人该说什么话。这个公主推荐张昌宗做面首，因深谙女皇性格是黄色，性事上亦喜欢掌控，故禀告时特别强调"昌宗迟速亦不自为主张，婉转随奴意"。人才啊！

伟大节目最重要的核心是伟大的制片人，他知道什么样的角色找什么样的人，他知道团队怎么搭配，他知道如何调动导编播、后勤、主持、嘉宾的积极性，他知道不同性格要用不同方法激励，他知道节目最关键的就是要摆平人，他知道自己见的大腕再多也不应该自以为是，还是要把认真学性格分析当成重要而又紧迫的事！

读者问，家人有严重的抑郁症加狂躁症，该如何分析和解决，我很遗憾地回复："FPA 性格色彩并非包治百病。对于多数人在人际关系上的碰撞、冲突和不解，以及个人内心的纠结痛苦，FPA 可以帮助他们向人情练达、心灵宁静的方向迈进；但真有严重疾病的患者，最佳的方式是寻求专业支持和治疗。"

性格色彩不是星座，不会提供给你一套公式，让你直接按照不同性格搭配和碰撞的指数行事。无论你和何种性格的人相处，都会有让你爽快和痛苦之处。两人相处的关键，最终是理解和妥协的艺术：你看重对方身上的好越多，对他的坏越能接纳；你对对方的爱越多，越愿意修炼自己以达成妥协。

人们笃信孔夫子的"己所不欲，勿施于人"，未深究，故而认为"己所欲，施于人"，却不知如果被虐狂按此定律，都将变为虐待狂。萧伯纳当年曾改写为"己所欲，勿施于人，因人皆各有所好"。而性格色彩则强调"人所欲，施于人"——给别人需要的。

慈能予乐，悲能拔苦。终此一生，以慈悲之心传性格色彩之道，自度度人——与天下传道者共勉。

如果可以选择，我宁愿给中老年人而不愿给年轻人讲课；如果可以选择，我宁愿给历尽坎坷波折而非一帆风顺的人讲课；

如果可以选择，我宁愿给痛苦纠结而非简单喜乐的人讲课。因为如果你没有故事，你根本无法明白性格色彩到底对你的人生有什么意义！

红色性格不容易专注。打开文档要马上确认合同，看到小半，突然想去看微博；12 点肚子叫，就打电话叫送餐，人家说 12:30 上班，琢磨了下新疆和北京的时差；短信突然来，一个朋友刚生儿子，另一个朋友难产取胎，悲喜交加地回复；看见桌上的桃子，想起与前女友桃花的冲突……我们的一生都要和自己性格的弱点斗争。

"想不想"和"敢不敢"是两回事！在艳遇一事上，其实，女子内心的期待更甚于男子。只是，缘于数千年礼教，好多女子有贼心没贼胆，又有好多女子半推半就而已。再往深看，艳遇只是人性本能的一种情感诉求，不过在红色性格身上更加高发。

你为了从和甲的情感纠葛及痛苦中逃离，摆脱对他的情感依赖，急不可耐地找了乙，因为你需要用新爱疗旧伤。你要小心，也许和乙未来的麻烦比甲更甚。讲得糙些，这就是红色性格常见的毛病——常不小心让自己"刚出狼穴，又入贼窝"。

《新周刊》节选月度小事记，定睛一看，都是红色性格干的。1. 安徽高一学生为买 iPad2，卖肾得 2.2 万元后，身体差得一塌糊涂——冲动 + 后悔；2. 郑州情侣在马路上吵架，男子赌气躺在斑马线上，女子拉不动，车迎面而来，男死女伤——情绪化 + 冲动；3. 西安 52 岁厂管每天骑高头大马上班，声称更环保更低碳——好表现。

公共事件中，红色性格民众可能呈现的普遍特点：热心参与，理想主义，从众，彼此积极主动地相互影响，对事件的激动情绪高于对事件本质的理性挖掘，宣泄情绪大于获取结果，重压之下胆小逃避，不持久，易遗忘，注意力常被转移，容易原谅历史过错，对坏人刀子嘴豆腐心。

很多红色性格的人，喜欢给自己描绘一幅美好图景——等赚到足够的钱，就去丽江定居，老死在那——但却少有人做到。因为红色性格的人一旦遇到压力容易退缩妥协，虽内心无比向往和冲动，但不能坚持让他们总是浅尝辄止，通过一次小小的旅游和放纵得到片刻满足后，便又被生活的惯性拉回常态。

红色性格典型特质：常有很多想法，但少有一定要达到的明确目标。因为想想不累，做梦即可自爽，但目标代表压力、承担、束缚。

张三，红色性格，娶村内第一美女为妻，除了瞎担心老婆不忠外，数年平安。某日妻意外回家，目睹婆婆与非公公的某男行房，妻慌乱，假装无事走。张三出差归，婆先告状：妻趁你不在时偷人，张怒发冲冠。当夜，张以刀片轻割妻喉，血喷，妻成植物人，张因故意伤害罪被判12年。两年后知真相，公婆离婚，傻妻改嫁村内老瘸子。

红色性格者投入爱时，总忍不住说炽烈的情话，甚至许下一生一世的诺言。在当时，确实真心，因那一刻他心中确无别人。但红色性格的自由天性，注定了在四种性格中最易动心。

此外，红色性格者心软，使他很难开口说分手；什么都想要，让他很难割舍。故此，谈情须知，对红色性格者来说，当下的真实并不代表永恒的不变。

过去十年，我在商业合作上付出极沉重的代价，反省如下，与天下红色性格者共勉：1. 易轻信他人；2. 合作开始时话不说透、不说清；3. 总是认为有情感就可维系合作的一切；4. 因为信任，没有足够的执行监督和避损措施，认为既然信任就不需要这些；5. 发生问题后不愿解决，本能逃避；6. 受伤后又不敢相信他人。

"压抑红"常见两个变种的方向。压抑红的蓝相——内敛、寡言、细腻；压抑红的绿相——温和、胆小、无目标和方向。它们的共同表现是：心有激情无法宣泄，亦不敢释放。

我喜欢的女孩要有"独立有宽度的红色性格"。首先我喜欢红色性格，但我希望红色性格的女孩能改掉两个毛病：1. 因为红色在所有性格中依赖性最强，所以如果你不依赖外人，也能在独处时自然快乐，那就真的很棒；2. 宽度，是指你的接纳、包容、弹性、不走极端。前者容易理解，后者要靠悟。

"人生应该努力尝试自己喜欢的东西,结果不重要。尝试过,我就不后悔。"真有这种想法的大抵是红色性格。此处的重点一是尝试,也就是体验;二是并不在意目标和结果本身。在这个常见的句型中,"自己喜欢的东西"其实涵盖范围很广,包括跳槽、创业、学习新技能、出国、探险、偷情、参加《非诚勿扰》。

　　"自残"也是红色性格者常干的事,无他,只是想得到某人的关注,因此用这种方式引起注意而已……所以,少受爱的滋润和关怀者,当发现病中能得到关照,会享受生病的感觉,极端者则不惜伤害自己。

　　无数男女在心生爱慕时,口口声声称要一直爱你永远爱你没你活不下去你是他(她)的唯一。如果你没回应或比较冷淡,他(她)便坚持不了多久;疯狂渐退后,就仿佛啥都没了。这符合性格色彩基本定律:红色性格是短跑的高手,中跑的败将,长跑的低能儿……

　　典型红色性格者得不到认可时的三种反应:1.谄媚:俗话说的"跟屁虫",有过分讨好之嫌;2.抗拒;3.破罐子破摔,在自信心彻底被摧毁时,会认为自己如此是他人的不信任和批判造成的，而不会归咎于自己的脆弱。

　　一位母亲问我，是不是在这个世界上最难搞掂的就是调皮、多动、没有常性、毫无纪律、会折腾的红色性格的孩子。她不知，世上没有难搞掂的孩子，只有进入不了孩子内心的父母。就像你搞不掂你喜欢的男人，是因为你还没进入他的内心世界。

　　对我自己是红色性格的认识，源于每去一地儿，都会发出"我要生活在这该有多好，我一定要离开目前居住的城市"的感慨。这次也不例外，在飞机落地前看到云彩时就暗暗大发感慨了，但显然喜新不厌旧主义者多是说说而已。

在所有性格中，一气之下就删除对方号码并发誓不再联系的，几乎都是红色性格。但没过多久必会后悔，总想找回那被删的号。另一个原因是，他们怕自己没出息，会忍不住联系对方，所以要斩断自己的后路，不过最终事实证明他们还是经常没出息。

两性关系中，红色性格者无论男女，无论情爱或性爱，天生会朝那些鼓励赞美他（她）的人主动贴近；对于那些批判他（她）的人，即使知道对方是为自己好，也承认对方是在帮助自己成长，也会本能地逃避和抗拒。说白了，骨子里面，他们宁要肤浅的赞美，不要深刻的批判；宁要无要求的轻松，不要有期待的压力。

如果你非常在乎别人的评价，易被他人的负面评价干扰，你注定是红色性格。过去，我总强调因红色成长需外界认可，所以外界批判也会使其情绪低落。其实还有秘因。红色不像黄色只在乎有用的人，不像蓝色只在乎自己喜爱的人，红色骨子里希望无论认识还是不认识，所有的人都能喜欢他，所以无关人员的评论也会让其沮丧。

一个原本很外露、心情开朗、善于发言的红色性格者，来到一个课堂学习，突然蔫巴无语，无法展现自己，原因可能是：1. 怕自己做得不好丢脸；2. 觉得同学比自己的水平高，认为上去是丢人现眼；3. 认为自己的水平比同学高很多，不屑与他们为伍；4. 太在乎别人对自己的看法，在乎别人眼中的自己。

袁兄，黄色性格，手术后腿脚不便，行动迟缓，众人吃饭，独落在后。我放慢脚步，随其左右嘘寒问暖，上楼梯时多次伸手相搀，他均不接茬。因学过性格色彩，我调侃他："我理解你！黄色性格者最恨别人的怜悯和同情，不能容忍别人觉得自己是弱者。"他当即注视我，掷地有声："不是恨，而是怕。须知，我自可照顾好自己。"

黄色性格者有强烈的控制欲，在职场中希望掌握自己的命运，故在所有性格中创业欲望最强。常被问：黄色下属喜欢黄色上司吗？答：须同时具备两个条件：1. 黄色下属内心尊重黄色上司，认为跟着他自己可以学到东西，能够成长；2. 黄色上司不打压黄色下属，能提供足够的空间。不满足这两点，黄色下属迟早必反。

想搞掂黄色性格者，必须懂两个关键：1. 对黄色而言，用你的观点否定他的观点，等同于挑战。凡是挑战，黄色必对抗；

一旦对抗,黄色必欲取胜。2.黄色在骨子里鄙视弱者,尊重强者,所以如果你一味地唯唯诺诺,永远不提出自己的看法,别奢望他在内心会看重你。这两点表面矛盾,内在统一,你不懂,就要付出代价。

黄色性格的精髓不是强硬,不是霸气,更不是强势,而是知道自己要什么,并且永远告诉自己如何得到想要的。为了达到自己的终极目标,他们可以学会柔弱,学会妥协,学会与敌人做朋友,学会聆听别人的意见。他们唯一不需学的是放下自己的感受,因为他们自娘胎出来就明白:在目标面前,感受没任何鸟用。

黄色性格者很少痛苦的三大原因:1.他们不想去要那些自己得不到的东西,不虚幻,不妄想;2.痛苦本身既浪费时间又不解决问题,他们永远要解决问题;3.他们对事情的判断敏锐,但对人的感受迟钝、不敏感,不易察觉他人的痛苦。

描述人是有技巧的,最重要的就是,你须深刻理解:不同人对同一词语的理解不同。以性格色彩专业而言,性格中有黄色的男性,内心不喜欢别人描述他时用"弱"字,除非他是刻意示弱。通常,"脆弱""柔弱""软弱"这些词都不好,用"柔软"一词极妙。

有人问："黄色性格者为何总强迫他人，指示要达到的目标，但却不告诉别人如何去做？"因为黄色性格者对过程完全没兴趣。其实，这里还有更深层的可能：1.他们相信强者必须靠自己；2.他们宁可你摔得头破血流，那样你才能将教训记得更牢。

在三里屯参加大众自造活动，李宇春说她自己对车的梦想有四个：巨大的房车可以放进所有的东西+360度太阳能+外置的音响可随时演唱+有即时的先进录音设备。我分析她的性格：1.她不花哨，所有的需求没有太多装饰；2.实用主义者，只对吻合自己目标的功能有兴趣和保持专注；3.努力让自己一直行在唱歌的道上。乃黄色性格。

为全球最大设计软件供应商的一群顶尖设计师演讲，被问黄色性格者的创意如何，举例：某司设计篮球赛海报，有一黄色性格者的创意在标语中把公司 Logo 巧妙嵌入，众人兴奋，但他自己并不兴致盎然："这玩意儿做得再好，不过就是个通知，没啥意思。"黄色性格者对终极目标和成就感的需求可见一斑。

黄色性格者根本不识"透支"二字，强烈地认为人定胜天，故经常罔顾自然法则。

大政客的首要品质便是冷酷，能不为情感左右而影响其目标感，故多系黄色性格。

女性要获得权力，面临着这样一个困境：她们必须证明自己足够强硬，能够胜任领导职位，但如果她们表现太强硬，人们又觉得她们太具有进攻性，不够有女人味。当年希拉里败给奥巴马的原因正在于此：不讨男性选民的喜欢，被认为太强硬。这也是黄色性格者需要一生修炼的功课：既要展现坚定态度，又不可过于强硬凶狠。

见到12岁黄色性格女娃的QQ签名："要想获胜不是靠团队合作，而是靠实力。正如一只鹰，孤独，却注定是王者，唯我独尊！"这娃能做成事，但长大后其他方面有的苦了……

有些男人，把女人当成令生命更多姿多彩的点缀，他们从不相信至死不渝的爱情，无论开始如何迷恋甚至难以自拔，但热情终会淡去和消失，甚至不想再对着对方，对方也不能再给自己带来刺激兴奋的感受。对这些男儿来说，真正永恒的事是建功立业，坚持达到目标。这种人常会错失生命里最美好的事物，盖为黄色性格。

每个人都需要激励，唯独黄色性格者最可能自我激励。秘诀是黄色从不放大别人的优点，见到任何人总能先找到对方的弱点批判，即使比自己强大的也敢批判，首先在气势上压倒对方。而红色总是看到别人的优点，然后放大，并且问自己"我咋做不到呢"；一旦发现怎样都无法超越，也没啥比别人强的，就会自卑。

　　古龙塑造了上官金虹这样典型的黄色性格者：江湖中声名最响势力最大财力最厚的帮主，生活如此简朴。因为金钱不过是工具，女人也是工具，所有的享受都是工具，唯一的爱好就是权力、权力，除了权力之外，再也没别的。为权力生，也可为权力而死。

病时，不少人万念俱灰。若是黄色性格，乃因无法工作，导致无法掌控，充满恐慌和无力感；若是红色性格，乃因自觉悲凉，自怜自艾，为自己的孤寂而叹息……前者是病了也要干活，而后者病了则最需人陪。

以自我为中心有两种：1. 坚持主见，核心是想控制，希望别人听他的，都能以他的想法为准，这是黄色性格；2. 强调自我感受，核心是被关注，希望他人能时刻照顾自己的情绪，放在掌心里捧着，这是红色性格。这与性别无关，只与性格有关。

袁世凯是现实主义（黄色性格），孙中山是理想主义（红色性格）。两人相遇，袁世凯用实力，借革命之势，脚踢清室残余，拳打革命党人，摘走辛亥革命的果实。而心甘情愿让出天下的孙中山，还满怀天真地寄厚望于袁世凯，可早日共和，超英赶美。当时洋人未顶孙的原因之一便是：孙谈得太多，像光绪一样过多幻想。

理想主义者多集中在红色性格，如从政，虽不一定改朝换代，但思想的力量持续，对历史的长期影响尤甚。孙文只是理想主义者的一个范例。其共性：经世济民（助人为乐）、大爱

（博爱众人）、感染力（亲和）、天真童心（将斗争问题简单化）。本质上，红色不狠，不适合做政治家。

不同性格者得到快乐的方式不同，对"快乐"的定义也完全不同。因为我红＋黄性格中的黄色成分，使得我一直以影响和改造他人为己任，尤其对于周围亲近者，总觉得助其成长和进步是我的责任，故常强力批判，给那些单纯追求快乐的朋友不必要的压力，不仅帮不到对方，反让别人憎恨，当引以为戒。

对于如何搞掂红＋黄性格的男人，我无招，但有式：1. 他不喜欢被女人征服，而喜欢征服女人，故此不喜欢控制欲太强或自觉无法掌控的女人；2. 如果他感觉到征服太麻烦，或需要耗费太多精力，将超过他的耐心所能承受的限度，也会收手。所以有些明明喜欢却故意摆谱，总是不停地钓男人来追自己的女人要注意分寸。

"分手以后，仍做朋友"这种情况在红色性格者身上容易发生，在红＋黄性格者身上非常困难。性格中有黄色成分的，容易记仇，计较当时的得失，不容易放下面子，难以忘却历史。在多数情况下，这些特点让他们很难再安安静静地做朋友。

红＋黄性格者在忙的时候痛恨被打扰，因为他们一旦注意力分散，就很难再集中。而且他们特别讨厌别人重复问自己简单的问题，会觉得这意味着别人不尊重他们，不重视他们曾讲过的话，不重视他们的时间价值。

红＋黄性格者骨子里喜欢讲道理和说教，因为他们既有红色的乐于助人，又有黄色的影响及改变别人的心态，他们以帮助别人成长为乐，认为这是实现个人价值的一种方式。当他人试图影响自己时，如果对方极强硬，他们必定强烈反感并抗拒；但若对方温和地摆出道理，则易接受。

红＋黄性格的男子在两性关系中的特点：1.尊重强者，但更喜欢弱者。"弱"包括会有分寸地撒娇,可激发男子的保护欲。2.在自己承受高压和处于忙碌状态时，对方能给予一定的支持最好，否则一定要独立，能照顾自己，做自己喜欢的事。3.希望自己占据主导地位，但自己不擅长和不在意的领域可由对方决定。

所有红色性格为主的人都有情绪化爆发的问题，红＋黄性格者是其中翘楚，尤其冲动。在没有学习前，他们本能的情绪控制常用一招:激烈爆发后,突然意识到后果,立刻让自己平静,设法改变态度，采用一些交际手腕来挽回自己在别人心目中不好的印象。

对多数女人而言，项羽（红＋黄）比刘邦（黄色）更有魅力，愿为女人死的男人比愿为江山死的男人更能让女人心醉。她们会想，江山关我屁事，有愿为我死的心就够了。从性格色彩专业来讲，以红色性格为主的人易被情感和情绪影响，故成大事的过程中，敌不过以目标为主的黄色性格者。

蓝色性格者，毋说、只做、沉静、不张扬、持续，自有其力量。

有这么一群人，他们喜欢玩猜心游戏。他们不喜欢把话都说出来，只是希望你能了解他们内心深处的想法。好像点菜，他们说随便，不代表他们没主见，只是希望你选的菜刚好是他们想要的。如果你一直没有说中，他们不会提出来，但是会沉默积累，最后一次性爆发。能否搞掂他们这样的蓝色性格者，就看你有没有能力走入并读懂其内心。

你做事反复检查很仔细，身边是群粗心的人，他们公认你追求完美，你也以完美主义的蓝色性格自居。但当你来到一群超有规划、无比有条理的真正蓝色性格者之中，却发现自己啥都不是！谨记：1. 不同性格对同一词语的定义不同；2. 洞见真正的自己，必须找到正确的参照者！

真正完美主义的蓝色性格者，从来不说自己"追求完美"；一个真正追求完美的人说出自己"追求完美"时，就已经代表不完美了。现在你知道为何有那么多红色性格者总要向蓝色性格者靠近了。

感性的红色和蓝色性格者，都可能会受寺庙和道观生活的吸引。只要对精神发展感兴趣的，僧侣之道都会让他们受到吸引，因为其中的静修、冥想、天人合一，都能滋养他们的精神。

与前恋人有共同的朋友圈，分手后你会离开此圈吗？与绿色性格者就此问题对话如下。绿色：不会吧，没什么呀。问：不担心尴尬或别人有啥看法吗？绿色：应该不会，没什么的，我不会这么想。问：你觉得分了就分了，是吧？绿色：是呀。问：你会担心和圈中人聚会时再遇到他吗？绿色：（想了一下）只要他不介意，我就不介意。

绿色性格者相对专一，是因为，客观上，他们本身没有强烈的欲求，看到野花不会冲动去采；但主观上，他们也未必有坚守贞操的动力，选择什么样的伴侣，受外力推动相当明显。他们不喜欢置身于复杂环境和情人纠缠的麻烦中；但如果恋爱对象未完全稳定，有红杏来勾引，他们也不会像贞洁烈妇般奋起反抗。

我所见最喜欢绿色性格的人，常有两种：第一种是要求绝对顺从的黄色性格者，但是他们会为绿色的慢性子和拖拉而生气，好在绿色忠诚；备受情感打击的红色性格者有时也很喜欢绿色性格者，因为绿色性格者甘愿默默地陪着他。

"嫉妒是人的天性"，这话不准确。嫉妒源于对比，一个从来没有意愿和动机去对比的人，不会有嫉妒心，绿色性格者正是这样的人，而另外三种性格则有他们各自的嫉妒方式和程度。良性的嫉妒是正向激励，恶性的嫉妒催生阴谋和下三烂。有些道德高尚的人也会嫉妒。高级的嫉妒是笑里藏刀，低级的嫉妒是网上骂娘。

绿色性格者在工作上最要命的就是，怕出错被责骂，故不肯承担任何责任，面对稍微新一些的工作情况和变化，立即慌乱。他们担心小变通引发的麻烦是自己的，所以干脆让别人来

做决定。在一个大组织，还有人帮绿色性格者担待；在一个小公司，如果绿色性格者担当大任，这个特点真会害死人。这也是绿色性格者成长极缓慢的原因。

初学者会觉得不争不抢的绿色性格者最无私，却不知绿色性格者是自私的最高级形态。他们天性最不愿改变，他们对生命的无欲求导致不上进、无责任、无作为。他们冷漠地看着亲人为他们心碎。他们不愿做点滴努力正面沟通，只会一味避而不见。相比黄色性格者的冷酷无情，绿色性格者的麻木不仁同样伤人。

绿色性格者之所以不能充分认识自己能力的误区，是由于他们的懒惰。他们潜意识里拒绝内心出现矛盾和痛苦，很少有进取心，因为新东西会给他们带来内心的不平静。此外，由于一切顺其自然，为了化解做决定的不安，最后就养成始终如一的生活习惯，按照惯性做事即可。

绿色性格者不会拒绝，这将是他们一生最大的麻烦和障碍！曾经做招聘时跟一女孩约好次日下午三点半面试。到时间她没来，给她打电话问什么时候到，她说："真不好意思啊，我现在和朋友在杭州。我很想加入贵公司，能不能再给我一次机会啊！我本想今天来的，但是我朋友一定要我陪，所以今天真的抱歉。"

常有人因自己人际关系和谐，自诩为绿色性格。现分享真正绿色性格的三大标准：1.内心不愿和任何人发生任何冲突；2.没有意愿改变或影响任何人；3.情绪非常平稳，人生中没有大喜或大悲。

悟空大闹天宫，出了恶气，爽了一把，但最后天庭依旧无损，原因有二：1.天庭内部和谐有序，运转良好，无怨声载道，故个人武功再高，但若只为了实现个人价值，不可能被普遍拥护，更不会动摇整个体制；2.孙的主要性格是红色而非黄色。红色性格者骨子里更想追求的是自由快乐（齐天大圣），而非权力（掌管天庭）。

红色性格者前进的动力是"开心"，黄色性格者前进的动力是"征服"，红＋黄性格者前进的动力是"证明"。

黄色性格者与红＋黄性格者都要征服，差别是：前者会在征服前做理性的剖析，不做任何不可能成功的开始，只要结果；而后者有时明知不可为仍为之，内心藏有悲剧情结、英雄情结，这种情结大于所要的结果。

同为外向的性格色彩，红色性格者之所以比黄色性格者交友更广泛，区别在于：红色性格者注重交的朋友是否有快乐，黄色性格者注重交的朋友是否有价值。快乐的来源可以多样化，意义却万变不离其宗，是唯一的。

红色性格者是四种性格色彩中最愿意倾诉的，黄色性格者则最不屑于倾诉。有时，你会发现红＋黄性格者会比典型的红色性格者更乐于倾诉，其原因在于典型的红色性格者心态最开放，可倾诉对象广泛，万一一个断了，再找一个，继续倾诉即可；而红＋黄性格者难得抓住一个，往死里说。

撒娇纯属调情，希望得到对方的关照，从而享受被呵护的感觉，常见于红色性格；任性，乃用力过度的调情，希望通过坚持让对方就范，从而证明自己在对方心中的分量，常见于红 + 黄性格。

主动求爱，向来是红色性格和黄色性格的专利！红色性格者认为爱就要大声说出口，所以微博上天天对着别人说"我好爱你呦，我要嫁给你呦"的，几乎全是红色性格，反正说了就爽。而黄色性格者很少如此，是因为他们认为说了就要搞掂，否则没劲。绿色性格，永不会主动。对于蓝色性格者而言，可示爱，但绝不求爱。

某男（红色性格）的风流韵事常传入夫人耳中，其妻（黄色性格）是医术高明的外科主任，总因此事挂不下脸，警告多次无效。有一日又抓了把柄，当晚，劝醉老公，拿出手术刀，将他JJ割掉，立即冷冻，止血，急送医院。男醒，已在手术床，其妻亲自为他做JJ缝合术，确保功能无恙，"请记住今天的感觉"。听毕此事，我毛骨悚然。

人生的最高境界是"释放"，这话若是蓝色性格者所说，那很了不起；人生的最高境界是"自控"，这话若是红色性格者所说，那很了不起；人生的最高境界是"无为"，这话若是黄色性格者所说，那很了不起；人生的最高境界是"有欲"，这话若是绿色性格者所说，那很了不起。因为能做到和自己天性全力搏斗且愉快相容，那需要巨大的力量。

人们平时嘴巴里说的"做人要有个性"，特指做人要有特色，有所呈现，不要四平八稳。故四种性格色彩中，绿色最平稳，最无个性；蓝色内敛低调，个性不易被察觉；红色和黄色虽都不低调，但红色更喜欢表现，故"此人有个性"多指以红色性格为主的人群。但须知，个性太强，人生易跌宕起伏，易神经不正常。

最不纠结的人是绿色性格者，因为他们根本不想。黄色性格者也不纠结，因为他们只对解决问题有兴趣！而蓝色性格者和红色性格者都会纠结：蓝色性格者是因为思考怎么做得更好，红色性格者的纠结——切记切记——是因为什么都想要！所以选男女朋友纠结，做决定纠结，买衣服纠结，找工作纠结……

金庸武侠小说中主人公的性格色彩：令狐冲——向往自由，真性情的红色；陈家洛——优柔寡断的红色；韦小宝——好色重义、精通政治的红色；段誉——家境优越的红色；虚竹——被少林寺训练为外表绿色的红色；张无忌——红+绿；郭靖——

须黄蓉支撑才可成为立体人物的绿色；狄云——红＋黄；胡斐——红＋黄；乔峰——红＋黄；杨过——红＋黄。

能把处理婆媳关系当成小菜一碟的男人，少有绿色性格，因后者过于懦弱，一味躲避，以为做夹心饼干就可解决，结果两头不讨好。要想达到《裸婚时代》里"玲珑男人"的境界，要有红色性格者的八面玲珑，却没有红色性格者的情绪化；要有黄色性格者的以大局为重，却没有黄色性格者的简单粗暴。总之，女子难养是因为两个女人都想独霸你。

红色性格者拿着完成的任务到黄色性格者处邀功，因结果出错，被黄色性格者一顿臭骂，骂得体无完肤、死去活来。红色性格者愤懑不堪，心想我没有功劳还有苦劳呢，虽然我做得可能不够好，但是我已经尽力了，你犯得着这么往死里骂吗？殊不知，对于黄色性格者而言，结果代表一切，有了结果一切都好；没有结果，一切是屁。

蓝色老公与红色老婆多年不和，计划离婚，但蓝色老公不愿自己说出口，他知老婆有偷偷翻包查看的恶习，故在包内放了盒已开封的十二只装杜蕾斯，每天扔掉一只。及至第五天，红色老婆彻底崩溃，大闹一番后提出离婚。可怜的红色老婆笨就笨在也不想想，以蓝老公色的仔细，怎可能如此愚蠢，被她抓住把柄？

吾国历来推崇中庸文化，"枪打出头鸟""夹着尾巴做人""男儿有泪不轻弹""多说多错，少说少错，不说不错"，类似的警语都是为修理调皮活跃的红色性格者而发，故长期被压制的红色性格者也渐渐觉得还是蓝色性格者的想法高级，但内心又挣扎不已，无比纠结困惑！

"男女之事上，有些人绝不主动争取，宁可沉浸在精神爱恋中，亦不强人所难，纵使承受伤痛，付出终生形单影只的沉重代价，仍会把痛深埋在心底。这多是蓝色性格。"我敢确定不少红色性格者看到这句，立马就想到自个儿的悲哀，以为自己便是蓝色性格者，或者以为自己是双重性格混合。谬矣！你知道啥叫"主动"，啥叫"终生"吗？

真正的蓝色性格者从不努力证明自己是蓝色。努力找出各种方法来证明自己是蓝色的，是以下几种：1. 压抑红；2. 不愿让别人知道自己其实是黄色，在工作中训练出一部分蓝色特点，顺势放大；3. 错误地认为蓝色比其他性格高级的红＋黄。

在认识自己和他人的过程中，最复杂、最容易被缠绕其中的是红色性格和蓝色性格的混淆。然而，多数认为自己是红蓝混合体的，究其本质多是红色性格！他们自认为的蓝色部分其实都是后天得来。原因是：1. 我们这个社会的文化、教育、价值观，多是压红抬蓝；2. 红色最容易被外界打压和影响。

最不解风情的性格色彩是绿色，因其木讷犹如死水；其次是黄色，因其感受高度迟钝。不过，黄色若真想改变，会强迫自己千娇百媚，直抵妲己的境界。相反，风情万种则是红色天生所长，他们长于挑逗撩拨，似为情而生；蓝色乃解风情的高手，但显露风情的身段不轻易示人。

大龄单身女子性格分析：红色大龄女是长不大的花蝴蝶，没有选择只因选择太多；蓝色大龄女是孤守古墓的小龙女，没有要求只因要求太多；黄色大龄女内心比男人还强悍，试问有多少男人敢娶领导回家？绿色大龄女最为稀少，如果有的话多半因为环境造成，她们自己其实嫁给谁都无所谓。

问：和工作狂的老板怎么配合？答：首先区分是天性爱工作的黄色性格的工作狂，还是找不到男人或女人必须通过工作来发泄痛苦的红色性格的工作狂。面对前者有三法：1. 变成比

他还要狂的；2. 离开他；3. 每天告诉自己"老板你是神，我们是人哎"。面对后者只有一法：尽快帮他（她）找个女人或男人相好上，让他（她）从痛苦中转移。

发飙高手的核心指标：1. 不需任何预警，直接从平静状态进入一级战斗状态；2. 发飙之声摄人魂魄，三里之外闻者色变；3. 不仅仅为发飙而发飙，除了情绪的发泄，更重要的是为实现目标。现场模拟，此非好事，颇无风度，年少者切莫模仿。但须知，有的性格以帮助他人成长为责任和使命，盖为黄色性格，尚请理解。

性格分析门派很多，对完全未曾了解的派别，最佳方式就是闭嘴，千万不要不懂装懂，恣意评价，以免惹人耻笑；亦不要贬低他人以抬高自己，因为江湖上高手很多，你得意时就是你死时，只需道出自己的强项即可。我鼓励所有 FPA 性格色彩学友涉猎其他门派，有对比方知差异，但你若只是听了场演讲，只能算刚摸到门边。

每种性格都有两面性。比如，情绪易波动，听上去不如情绪平稳好听，似乎在职场中不是什么好事，但前者有激情、有创造力、有变革欲，后者则四平八稳，容易因循守旧。这个特点，延伸到性爱中，前者（红色性格）喜欢尽可能多地换姿势，追求不同体验；后者（绿色性格）则习惯于停留在传教士式，老变多累啊。

谈谈绿色性格对性的态度。"性"的本质是种禁忌，越是不让做不可做的，那种禁锢一旦释放，快感会最强烈。这就可解释为何偷情让人兴奋，为何尝试"不道德"的交合方式让人激动，等等。绿色性格，面对挑逗没反应（有时甚至不懂对方在挑逗），对于想要越过雷池的男女来说，反成了最大的阻碍。

性格色彩入门，先要学习为何不同的动机会有相同的行为。中阶，才有能力思索其中细腻的差别和启示。如，你以为两性关系中，软弱者会激发强者的保护欲，却不知强者反感软弱者，会哀其不幸、怒其不争；觉得脆弱者好玩，但呵护他需有大大的耐心，多数坚持不住；强者最喜欢柔弱者，有用武之地又不烦。

一位居士听说性格色彩理论后，认为："我红黄蓝绿都有，学佛后我渴望自己是一个无色的性格，因色不异空，空不异色，色即是空，空即是色，其实每种颜色都是一个假象，真正的性格是无色的。"这位仁兄却不知这仅仅是外相。真正的 FPA 性格色彩强调：人人皆有本色，可通过个性修炼达到四色平衡，但本色不变。

FPA 性格色彩中，最难懂的奥妙之一是动机。意思就是，你看到的表象背后有很多可能，你须找到背后的"为什么"！例：长期宅男可能是什么性格？绿色可能因为懒得动喜欢稳定而宅；黄色可能因为正专注完成某个目标不愿被扰而宅；蓝色可能因为喜欢独处而宅；红色可能因为受到打击压抑而宅。

"修炼"在做事层面上，可理解为"如何更有效地达成你的目标"。但常有人对 FPA 性格色彩的理解止步于表面，铸成大错。例如，你要学的是黄色性格以结果为导向的优点，而盲目模仿者以为自己不能达成目标是因为不坚持，所以就想学坚持，结果学了黄色性格的强硬。可惜，东施效颦，本末倒置。

　　"上医治未病，下医治已病"，性格色彩强调"洞见"自己的深层含义就是：在你因性格局限栽跟头和付出代价前，你就有能力知道自己可能病在哪里。更重要的是，我们每个人都可通过性格色彩的"洞见"，找到自己的病根，并在未来随时提醒自己。

性格色彩培训学院课程介绍

线上课程

"乐嘉性格色彩入门" 60 讲

最快且最全面进入博大精深的性格色彩学的首选路径。助你快速进入性格色彩的世界，初探性格色彩的基本概念，快速掌握性格色彩在职场、交友、婚恋、亲子等各领域的应用。

"乐嘉性格色彩恋爱宝典" 40 讲

市面上有太多书籍或课程，提供给你种类繁多的恋爱方法和技巧，但只要你掌握了性格色彩，就能一通百通。既能拨开自己在恋爱过程中的所有迷雾，也能让你秒变为朋友的情感顾问。

"乐嘉性格色彩婚姻宝典" 40 讲

婚前、婚后，你都需要它。如果还未结婚，如何选择适合自己性格的伴侣？如果已经走入围城，是否有方法让性格迥异的人找到最佳相处之道？答案就在其中。

"你们的性格合不合" 55 讲

不同性格的人相处时会碰撞出不一样的火花，遇到的问题也有所差别。通过大量性格碰撞的典型案例，了解不同性格的搭配规律，以及各种性格的相处模式。

线下课程

● 跟乐嘉学性格色彩（3 天 3 夜）

零基础即可参加的性格色彩专业课程，结合理论与实战，乐嘉老师运用他超凡的功力，让你在短短三天内获得深刻体验，脱胎换骨。

▶ 专业学习——从性格色彩的基本概念到运用心得，乐嘉老师以及资深导师们给你第一手的资讯、最实用的干货。

▶ 实战指导——有机会得到资深导师们的精心培育和乐嘉老师的亲自点评，如果你对性格色彩感兴趣，如果你有问题要解决，这门实战课程不可错过。

● 跟乐嘉学演讲（4 天 4 夜）

无论你是演讲菜鸟，还是演讲达人，这门课程都可以让你在舞台上拥有超凡魅力，走上超级演说家之路。

▶ 突破自身演讲局限——你可能不知道，你所有演讲中的问题都与你自身的性格有关，洞悉性格奥秘，可以帮助你克服演讲中的所有问题。

▶ 塑造你的演讲风格——不同性格的演讲者，适合的演讲方式不同，唯有这门课程，可根据你的性格为你量身打造属于你的演讲风格。

台上台下皆江湖

乐嘉　性格色彩传道者

性格色彩创始人 / 演说家 / 演讲教练 / 电视主持人 / 图书主编 / 作家

1975 年生人

居无定所，讲学江湖

性格色彩创始人

▶ 2001 年，创立"FPA® 性格色彩"，创办中国性格色彩培训中心，为不同类型的组织提供培训咨询，将性格色彩学的应用，延伸到企业的各层面，曾经服务过的客户包括国企、外企、民企、政府及各类非营利性机构。

▶ 2003 年，"FPA® 性格色彩"用"动机论"代替了"行为论"，标志着"FPA® 性格色彩"与其他性格分析体系的正式区分。

▶ 2008 年，奠定了性格色彩"洞见""洞察""修炼""影响"四大专业方向，共同构成性格色彩学最重要的四大支撑体系。

▶ 近年来，培养出上千名活跃在各地各行业的性格色彩认证培训师、性格色彩认证演讲师和性格色彩认证咨询师。

▶ 同时担任上海大学悉尼工商学院、上海大学温哥华电影学院、西北大学经管学院和河海大学的客座教授，不定期为 EMBA、MBA、MPA、MFA 及各类总裁班举办培训。

演说家

▶ 自 1996 年开始踏上演讲舞台，二十余年演讲生涯中，国内外大小演讲超过两千场，直接受众超过两百万。

▶ 演讲风格极富现场穿透力和感染力，加之天生的激情和高超的舞台表演技巧，塑造出讲台上前所未有的风格。他能将复杂的心理学理论以戏剧化且震撼心灵的手法呈现给观众，被誉为"思想性与表现力共存的天才演讲家"。

▶ 演讲主题围绕性格色彩应用的各个领域，举凡与人相关之处，无所不包，覆盖面广泛。

▶ 比较有影响力的大型演讲包括：自 2011 年开始，每年选择部分大学开展"嘉讲堂全国大学校园巡回演讲"；2011 年，在国家行政学院大讲堂，有 700 位来自各地的厅局级以上领导干部共同参加了培训，是国家行政学院有史以来规模最大的一次专家讲座。2012 年，在悉尼市政厅，完成了澳洲最大规模的华人演讲；在温哥华剧院，完成了加拿大最大规模的华人演讲。2015 年，在剑桥大学彭布罗克学院，做了剑桥历史上听众人数最多的一次华人演讲。

演讲导师

▶ 创办六字真言演讲训练学院，开创了"六字真言演讲训练法"。能短时间内迅速提升个人演说能力，强化舞台上的个人影响力，拥有随时随地即兴演讲的能力，还可以让每个人的演讲都触动人心。

▶ 长期担任全国各类企业家演讲大赛、公务员演讲大赛和行业演讲大赛的评委团主席，是上海青年创业家的培训总顾问，也是团中央举办的"全国中学生演讲大赛"及"全国中学生辩论大赛"的评委团主席。

▶ 自 2014 年开始，在安徽卫视的《超级演说家》和北京卫视的《我是演说家》中连续六季担任演讲导师。

电视主持人

▶ 2010—2013 年　江苏卫视相亲交友节目《非诚勿扰》嘉宾主持

该节目连续三年创中国综艺节目收视率第一。作为成名之作，乐嘉自此蜚声海内外，以犀利的点评在电视屏幕上独树一帜，家喻户晓。

▶ 2010 年　深圳卫视《别对我说谎》主持人

乐嘉做独立主持人的处女作，心理探究真人秀节目。

▶ 2011 年　江苏卫视《老公看你的》信心主判官

夫妻默契博弈秀。

▶ 2011 年　江苏卫视《不见不散》导师兼心理专家

恋爱纪实节目，国内首档真正意义上的户外真人秀节目。

▶ 2013 年　深圳卫视《夜问》主持人

一档专门为性格色彩打造的综艺谈话节目，以综艺谈话为皮，传播性格色彩为瓤。

▶ 2013 年　央视综合频道《首席夜话》主持人

名人访谈节目，主要收视群体为企业家、高知、政府公务员。

▶ 2013—2015 年　安徽卫视《超级演说家》导师

《非诚勿扰》后，最能展现乐嘉才华的节目，以无与伦比的实力，证明他是中国最具电视表现力的演讲导师。

▶ 2014 年　北京卫视《妈妈听我说》主持人

中国第一个凸显儿童话语权的亲子节目。

▶ 2014 年　安徽卫视《超级先生》主持人

男性魅力真人秀。

▶ 2014—2016 年　北京卫视《我是演说家》导师

《超级演说家》姊妹篇。

▶ 2015 年　优酷视频《双擎·独嘉秘笈》主讲人

史上第一个性格色彩脱口秀节目，共12期，每期10分钟。

▶ 2015 年　央视综合频道《了不起的挑战》常驻嘉宾

央视第一个大型户外明星挑战真人秀。

▶ 2016 年　北京卫视《长大成人》成长导师

在珠峰录制的十八岁少年成人礼，是迄今为止全球录制海拔最高的综艺节目。

▶ 2016 年　北京卫视《跨界喜剧王》表演嘉宾

充分展现了乐嘉跨界的才华和喜剧表演的天赋。

▶ 2016-2017 年　湖北卫视《你就是奇迹》嘉宾主持

全国首档大型创投节目。

▶ 2018 年　腾讯视频《超凡小达人》主持人

《美国达人秀》的中国儿童版，荣膺亚洲多媒体艺术创意大奖中国

区最佳儿童节目。

图书主编

创立性格色彩图书中心，致力于通过各个角度普及和传播各方人士的

性格色彩研究成果和运用心得。

其中，"色界"是乐嘉亲自主编的第一套大型性格色彩应用书系。书

中每篇文章的作者都是来自全球各地的性格色彩传道者，通过运用性格色

彩这一工具，都在事业和生活上取得了卓越的成效。

已经出版：

▶ 2014 年《色界——活得舒坦并不难》

▶ 2015 年《色界——说话说到点子上》

▶ 2016 年《演说家是怎样炼成的》

▶ 2016 年《100 倍的人生智慧——性格色彩观电影》

▶ 2017 年《色界——和谁都能聊得来》

► 2018 年《性格色彩品红楼》

► 2018 年《性格色彩品三国》

► 2018 年《原罪——一个心理咨询师的死亡背后》

作家

国内实用心理学领域最有影响力和销量最大的作家。在当当网"图书—人文社科—心理学"分类中，由于他的贡献，史无前例地开创了"性格色彩学"分类。迄今，已出版作品总销量逾 700 万册。

► 2006 年《色眼识人》

性格色彩关于性格分类的必读基础书，全面地阐述了四种性格的优势和弱点，是所有性格色彩著作的奠基石。

► 2010 年《色眼再识人》

在《色眼识人》的基础上，继续深度分析四种性格的弱点和每种性格潜藏的内心动机。与前者合二为一，可初步完成对四种性格色彩的了解。

► 2011 年《跟乐嘉学性格色彩》

性格色彩最简易的漫画版入门读物。

► 2013 年《本色》

史上首创"自剖录"文体，通过 20 个不同角度的凶狠凌厉、刀刀入骨的自我剖析，向读者展现并且示范了如何通过洞见自我来获得内心真正的力量。

▶ 2015 年《写给单身的你》

想恋爱的人用这本书脱单，找到合适的人；正恋爱的人用这本书学习良性相处；不想结婚的人用这本书化解外界压力，享受自己的生活；已婚者用此书读懂彼此。

▶ 2016 年《淡淡》

乐嘉遭遇意外事故后不幸蛋碎，以此为契机，本书详细描绘了一个男人如何面对尊严践踏并涅槃重生的全过程。全书随处流露出乐观与豁达的态度，激励人们面对困难与挑战，从容勇敢，淡然以对。

▶ 2017 年《跟乐嘉学性格色彩Ⅱ》

性格色彩最简易的漫画版入门读物。

▶ 2018 年《三分钟看透人心——性格色彩卡牌秘籍》

本书揭秘了性格色彩学的镇山之宝——"性格色彩卡牌"的原理和使用。

▶ 2018 年《写给恋爱的你》

继《写给单身的你》之后，乐嘉性格色彩情感三部曲的第二部，堪称性格色彩恋爱宝典。

▶ 2020 年《小乐子的人生智慧1》

乐嘉生命感悟小随笔，有思想、有故事、有趣味，阅读轻松的马桶读物。

▶ 2020 年《"色"眼看世界——乐嘉性格色彩杂谈》

性格色彩专业随笔。包括文化、世相、职场、情感四章，未入门者，会觉得读起来门道神奇，不明觉厉；稍入门者，读起来如饮甘饴，玄妙无穷。

▶ 2020年《有一种约定无须记怀——乐嘉性格色彩情感随笔》

性格色彩情感随笔，包括 16 篇随笔散文。

图书在版编目（CIP）数据

小乐子的人生智慧. 2 / 乐嘉著. —杭州：浙江文艺出版社，2020.1
ISBN 978-7-5339-5858-9

Ⅰ.①小… Ⅱ.①乐… Ⅲ.①杂文集－中国－当代 Ⅳ.①I267.1

中国版本图书馆CIP数据核字（2019）第221670号

责任编辑　金荣良
特约编辑　苑浩泰
装帧设计　鹏飞艺术

小乐子的人生智慧2
乐嘉　著
出版　浙江文艺出版社
地址　杭州市体育场路347号
邮编　310006
网址　www.zjwycbs.cn
经销　浙江省新华书店集团有限公司
制版　鹏飞艺术
印刷　北京天恒嘉业印刷有限公司
开本　960毫米×640毫米　　1/16
字数　117千字
印张　13.5
印数　00001－10000
版次　2020年1月第1版　2020年1月第1次印刷
书号　ISBN 978-7-5339-5858-9
定价　36.80元